述职报告

REPORT ON WORK

红日 作品

天津出版传媒集团

百花文艺出版社

图书在版编目（CIP）数据

述职报告 / 红日著. -- 天津：百花文艺出版社，
2015.1
  ISBN 978-7-5306-6560-2

  Ⅰ. ①述… Ⅱ. ①红… Ⅲ. ①长篇小说 –中国–当代
Ⅳ. ①I247.5

中国版本图书馆CIP数据核字（2014）第285440号

选题策划：韩新枝　　　　　装帧设计：郭亚红
责任编辑：韩新枝　刘　洁　责任校对：魏红玲

出版人：李勃洋
出版发行：百花文艺出版社
地址：天津市和平区西康路 35 号　邮编：300051
电话传真：+86-22-23332651（发行部）
　　　　　+86-22-23332656（总编室）
　　　　　+86-22-23332478（邮购部）
主页：http://www.bhpubl.com.cn
印刷：天津市永源印刷有限公司
开本：710×1000 毫米　　1/16
字数：134 千字
印张：11.5
版次：2015年1月第1版
印次：2015年1月第1次印刷
定价：29.00元

人人都是幸存者，因为他
有幸得到了那颗精子。

　　　　　　　　—— 德里达

1

我叫玖和平，今年四十五岁。我的母亲曾经告诉我，当年生了我的二哥以后，父母亲决定不再要孩子，可是不小心又怀上了。父母亲两人开了个简短的会议之后，拍板生下这个孩子。这个孩子就是我。我向组织保证，我的年龄是真的，就像我已经有点斑白的头发一样。我的学历是研究生，是那种"功课亲自做、论文自己写"的全日制硕士研究生。党员。我出身于干部家庭，但不属于"官二代"。我的父母只是普普通通的乡镇干部，他们干到退休还只是科员。参加工作以来，我历任中学教师、县府秘书、乡镇党委书记。现任河边县"等待办"第九副主任。何谓"等待办"，这是一个"新锐热词"，是民间组织部门为我们九位从乡镇书记岗位调整上来的同志虚设的一个机构。我们从现在起，需要等到县里换届产生新一届领导班子或者等到政府"组阁"时才能正式安排职务。其中，有些同志可能提拔担任县处级领导职务，有些同志则被安排到县直各部委办局的岗位上去。这一段"空挡"时期，是我们的等待时期。我们现在就像守候了一个季节的农民，在等待着田野的收成。我这第九副主任是"等待办"的同志和兄弟朋友们封给我的，没有红头文件。九位同志中我排名最后，但年龄最大。

我今年四十五岁了，还只是正科级，到这个年龄段了还想在科级的基础上实现新的突破，不是没有可能，而是可能性不大。但我总不能认为梅德韦杰夫四十多岁就当总理了，我当科级干部就没有意义了。还不是梅德韦杰夫他当他的总理，我当我的科级干部。这样想就豁然开朗了，就光明一片了。兄弟朋友们现在都亲切地称我"玖副"或"九副"，也有继续叫我"老九"的。我都喜欢，低调。低调好。我现在正处在等待时期，这个时期存在诸多不确定和不稳定的因素。所以，我在等待的过程中需要韬光养晦，韬光养晦就是低调嘛。

我现在每天早上七点半准时离开宿舍，然后到县府大院去上班。其实，我们这个"等待办"是没有什么班可上的。我们既没有办公地点，也没有工作任务。关于我们临时的工作安排，领导说得比较含糊：调研。具体怎么调研？没讲。调研是要深入下去，是要离开办公室的。从这个角度去理解，我们是不用上班的，我们可以在家里待着。但我总不能一天到晚就在家里看电视、上网吧，这样也太不像一个共产党的干部了吧，我总得要干点什么吧。我是一个没活干就浑身不自在的人，早年练武的时候，一天不练几下，就想转屁股让马踢两下子。我是奴才的命。可是，如果要开展调研，就得下村下屯去，下到农村第一线去。下去就得有交通工具，交通工具在哪里，谁来给我安排？没有。最后我决定，我还是每天进到县府大院去，到各个楼层去转转，到各个单位部门去走走。我认为这也是调研的一种方式。

进入县府大院之前，我先在大门外面的某个摊点吃早餐，用我们桂西北本地话说叫作"过早"。我少年进过体校，练过散打和乒乓球。技艺没多少长进，却长了饭量，我早餐要吃两碗米粉。我通常在吃完第一碗米粉之后，先用纸巾擦擦嘴巴，然后拿出手机来像模像样地打一个电话：你过来了没有？没来啊！那我就把你这碗米粉吃了，免得浪费。这是一个办法，还有另一个办法，我先在一家米粉店吃了第一碗米粉，然后再到另外一家粉店去吃第二碗。我最盼望有人请我吃自助早餐，那样我就可以像穷人过年一样吃个饱。吃完了米粉，我就进到县府大院去。这时候县府大门只有人出来,还没有人进去,也就是说还没人上班。我本来是一个没有班上的人,现在变成了第一个上班的人。针对我的这种行为,扶贫办主任姚德曙同志私下对我提出善意的批评。姚德曙是我的好朋友,扶贫办是我这段时间经常去"调研"的部门。姚德曙对我说,老九,你这是给县府大院的同志施加压力,扰乱我们正常的上班秩序。姚德曙强调说,你现在是过渡。他不说等待,而是说过渡,别人说我们是"等待办",他说我们是"过渡办"。姚德曙说,过渡时期的总路线是什么,就是过渡。过渡就是不用上班,就是你爱干吗干吗去,没必要整天总到县府大院来,这样到处乱转。姚德曙的官方年龄比我小五岁,比他弟弟小三岁,但他实际年龄比我大四岁,他的资历也比我深,比我多当了一届乡镇党委书记,现在已是县直部门的一把手。姚德曙当年在"过渡"时期给自己定了目标,他的目标不是县处级,而是交通局长、财政局长、民政局长或者教育局长,他说这几个"长"中的任何一个"长",都比人大副主任、政协副主席实惠得多。结果这几个"长"他都没当上,他当了扶贫办主任。姚德曙语重心长地对我说,你现在虽然是县处级后备干部,但我希望你也不要去谋求那些位子,好好找一个实惠的局长位子去坐吧,只要能在发票上写"同意报销"就可以了,我们这些干部的奋斗目标是什么,就是同意报销。姚德曙最后对我说,老九,听我的话,回家去吧,好好在家等待,别到处乱跑。这叫什么话呢,我在姚德曙的眼里竟是一个到处乱跑的孩子了。

2

我这天吃了两碗米粉以后,还是进到了县府大院,我仿佛是被一只无形的手牵进来的。在还没想好去哪个部门"调研"之前,我先到大门保安岗亭里坐一坐,跟门卫聊聊天,也算是过渡一下。我坐在一沓厚厚的旧报纸上,跟门卫讲过去的门卫。过去的门卫,那是相当的威风,不仅守护大院,还要规范整个大院干部的行为。过去干部都是骑自行车上班的,一到县府大门前,就要自觉跨下车来,推着车子缓步进入大门,把车子推到指定的车棚下面。下班出大门时,也要先推着车子出来,出了大门才能骑上。这是一个规定的动作。大院里和我同龄的干部始终牢记,并且始终遵守这个规定,坚持这个动作。但也有打擦边球的,车进大门就像公鸡追逐母鸡夸下一条腿,脚尖点着地,另一条腿仍踏在车脚踏上。这个动作叫"踏边"。这个动作也是不允许的,如果让执勤室里的门卫见了,他们就会追上来,叫你返回大门外去,重新推着车子进来。过去的门卫不叫门卫,叫保卫干部,领财政工资,穿的制服和公安民警的制服一模一样。头戴大盖帽,腰束着皮带。皮带上挂着一个对讲机、一只BB机、一根长到膝盖的警棍、一把仿"六四"式的防暴钢珠手枪(保卫科长的枪还是真枪)、一副手铐,还有一把半尺长的牛角刀。那些企图犯罪的家伙,一见到保卫干部皮带上挂着这么多的物件就被吓住了。这叫震慑。

这时候,陆续有各种车辆风驰电掣地驶进县府大院。县府大院大致分有三类"车族",第一类"车族"是"公车族",主要是县四家班子领导和一些重要部门的一把手,他们每天坐公车上班;第二类"车族"是"摩托车族",是一般干部职工,他们上班的交通工具是摩托车包括电单车,这类"车族"占绝大部分;第三类"车族"是"自行车族",只有极少数人。据门卫介绍,"自行车族"主要是党史办、方志办、政研室、保密局、机要局、信访办、社科联以及妇联的同志。他们的自行车不是现在时尚的山地车,而是年代久远的"凤凰"或"永久"牌的自行车。这种近乎古董的自行车和他们的身份一样,老派而寒酸。骑自行车的传统他们继承了,但是推着车子进入大门的规定动作,他们没有坚持,他们连"踏边"的姿势都不做了,他们都是直接骑着车子进到大门去的。

我走出岗亭,我正在思忖到哪个楼层哪个部门去"调研"的时候,我突然看见不远处有一支大约五百人的队伍,正朝着县府大门方向

|述职报告|

走来，队伍中抬着一口漆黑的棺材。开始我以为是一支送丧的队伍，随着队伍越来越近，我终于看出这是一支上访队伍，扛在队伍前面的横幅也越来越清晰。我来不及多想，本能地转身朝岗亭里的门卫大喊一声：关上大门！我意识到，一旦让他们把棺材抬进县府大院来，整个县府机关就乱套了。大门在后面徐徐关上，把我也关在了外面。

我迎着那支队伍走上去，我认为必须阻止他们在县府大门前，而且距离越远越好。到了队伍跟前，我一看是"丽水山庄"住宅小区拆迁户的群众，我上一周协助政府办盛主任接待过他们。他们主要是在安置和补偿的一些细节上跟开发商一直没谈拢，"丽水山庄"的黎总始终避而不见。我那次接访时觉得，他们提出的一些诉求是合情合理的，但今天我见到那口漆黑的棺材之后，心里就有了想法。我一眼就认出抬棺材中的一个人来，此人自称是"业余律师"，一天总背着一只绿色的军用包，包里装着一本《中华人民共和国宪法》，一天到晚为上访的人出点子。上一周，就是他介绍拆迁户代表来政府办"讨个说法"的。我还听说在县里几次较大的群体事件中，几乎每次都有他的影子。更重要的问题是，本来就不是"丽水山庄"住宅小区拆迁对象的他，今天居然亲自抬棺来了。我指着"业余律师"道，你给我把棺材放下。"业余律师"说，棺材不是我一个人抬的，我怎么放得了。我说其他人我不管，你必须放下你那一头。"业余律师"说，凭什么？我说，很简单，就凭你不是"丽水山庄"住宅小区的拆迁对象，就凭你没有抬这副棺材的资格和理由。

整个队伍停止了前进，但棺材没有放下来，我的目标始终锁住"业余律师"，始终抓住他不放。我说有什么事不能好好商量呢，有什么问题不能商量解决呢，有必要抬这副棺材来吗？抬这副棺材来能有什么意义！过去打仗抬棺，那是主将压阵，义无反顾，视死如归。你今天组织他们抬这副棺材来，你有什么企图，你想达到什么目的，抬这副棺材来就能解决问题吗？

那口漆黑的棺材，从四个人的肩上缓缓地放到地上。

我走到棺材跟前，从裤袋里摸出一包烟，逐个给另外三个抬棺的人递烟。那三个人约好了似的集体拒绝了我的香烟。我自顾叼上一支。有风吹来，我扯开衣服遮挡，埋头把烟点燃，深深地吸了一口。我说，还是老办法，具体问题我们到具体的地方去谈、去商量、去解决，前提是这副棺材你们得先抬回去，县府大院是人民政府的权力机关，不是殡仪馆，不是火葬场，各位老乡，这个玩笑万万开不得的。一个穿迷彩服的青年仔从棺材一头站出来，绷紧的上衣勾勒出他结实的胸肌。"迷彩服"说，我们不开玩笑，我们今天玩儿真的。我瞄了他一眼，两只手指捏着烟头，轻轻一弹，那只烟头子弹一般射到地上，溅起几粒火星。

我说你想怎么玩儿。

"迷彩服"抱着双臂，没有言语。

我迎上前去，我说如果我没理解错的话，你的意思不就是想要一个人睡到棺材里面去吗，是不是？你就是这个目的吧？"迷彩服"依然抱着双臂，没有言语。我盯着他说，好，我玖和平现在就给你睡进去，然后你们把我抬走，你们想把我抬到哪里就抬到哪里去，抬到山冈上也行，扔到河里去也罢，土葬水葬随你们之意，我没有意见。我今早出来已经洗过脸，净了身，也换了干净衣裳。顺便告诉你们，我玖和平今春享阳四十五。

我弯腰一把掀开棺材盖板，一只脚抬起来，踏进棺材里去，另一只脚接着踏进去，然后我就蹲到棺材里，仰面躺下来。随后我的一只手从棺材里伸出来，慢慢地将那盖板均匀地移动，"咣"的一声，棺材盖板不留缝隙地盖上了。我想起一位哲人这样说过：一个人的一生只有三声：生出来的时候"哇"的一声，就是哭的声音，佛家说，就是"苦啊苦啊"的意思，就是说人一生下来是要受苦的。然后是"啊"的一声，就是对人生的感悟所发出的感叹之声，是看透人生所发出的恍然大悟的声音。啊！原来是这样。最后是"咣"的一声，就是棺材板盖上来的声音，也就是盖棺定论。我想我今年才四十五岁，目前还在等待，盖棺定论是早了一些,有些遗憾。我感觉眼前漆黑一片,呼吸逐渐急促起来。我又想起另一位哲人说过的一句话,他说,一个人的一生,实际上就是从母亲的子宫到棺材的一段过程,这段过程就是从黑暗到黑暗的过程,在母亲的子宫里是黑暗的,到了棺材里面也是黑暗的。我在棺材里面感悟到,这家伙真他妈的说得有道理。

躺在棺材里面,我能感觉到外面的动静,有人说话,有人咳嗽。我不知道那些先人是否有我这种感觉,如果有这种感觉,就可以知道外面谁是真哭,谁是假哭;谁是真情倾诉,谁是虚情假意;谁在高谈阔论,谁在保持沉默;谁人主持仪式,谁念生平简介;级别高不高,评价够不够,全部一清二楚,明明白白。如果档次不够就敲着棺材盖板提醒他们,别马虎了事走过场,搞形式主义。躺在棺材里面,我听到一阵脚步声,由远及近,有人扑到棺材边,手忙脚乱地移开盖板,领导,你出来,赶快出来,你这样会闷死在里面的。我感觉到了光线的惠顾,但我双眼紧闭,纹丝不动。我想,我应该是一脸的安详和平静。

"业余律师"伏到棺材边上,领导,你出来吧,我求你了。我始终紧闭着眼,我说你们把我抬走吧,抬到你们想要抬去的地方。"业余律师"哀求道,领导,我们抬不起你,我们把棺材抬回去还不行吗?我睁开两眼,从棺材里站起来。我整了整衣服,一只脚先跨出去,另一只脚接着跨出去,我重新回到了人间。人间多美好啊!人间就是人多。现场围拢了很多人,干警们也已赶到了现场,还没拉起警戒线,那口漆黑的棺材已被抬了起来,顺着原路抬回去。我追上去,扯了一下"业余律师"的衣服,等下你带三个代表到政府办接待室来,又强调一句,连你一起,总共四个。

公安局邱局长还待在原地,他从头到脚把我打量了一番,你怎么能睡到棺材里面去呢?我说,睡了又怎么样。邱局长说这很不吉利的。我说这有什么吉利不吉利的,我爷爷以前就天天睡在棺材上面,睡了九十九岁,才睡到里面去。邱局长说,算你有种。

3

　　我跟政府办盛主任临时落实一间接待室，盛主任说就用小会议室吧，今天没有会议。"业余律师"带了三个群众代表进来，落座后我问道，那副棺材是谁家的？"业余律师"说是我家的。我对他说，拜托你保管好，我百年之后就用今天这副棺材。这辈子老婆可以换几个，棺材只能用一副，你要多少钱我都给。说着就从包里拿出钱夹来，抽出八张大钞递过去，够不够？"业余律师"缩回手去，不敢接受。我说你给还是不给，就把钱塞到他的手上。递过了烟，我才发现这四人正是抬棺人。我把窗户打开，我说现在我们打开窗户说亮话。今天你们把棺材抬来了，棺材里也有人睡进去了，这件事就到此为止，下面我们进入到解决实质性问题的阶段，等一会儿我把"丽水山庄"的黎总请过来，你们就在我这里跟他把事情谈妥，谈清楚。我找出电话号码簿，用座机打到"丽水山庄"，我说我是河边政府办，我找你们黎总。黎总接了电话，我说你马上到301来。黎总说到省城部队医院去啊！我说不是医院，是张县长的办公室。挂了电话，我对"业余律师"说，等下你们怎么谈我不管，我只管一条，只许动口，不能动手。我指着"迷彩服"说，我晓得你练过，告诉你，我也练了十几年。"迷彩服"吸着烟道，我看得出来。

　　门口进来一老者，也不算很老，大概六十的样子。老者身着蓝衬衫白西裤，西裤吊着两根红吊带，裤腰上又束了一条黑皮带。通常吊带裤是不束皮带的，既然已经有了吊带，再束上皮带那就是多余，就像已经做了输精管结扎术就没必要再套上安全套一样。很明显，老者戴了一头假发，那夸张的鬓角脱离实际地顾此失彼地翘起来，暴露出荒凉的没有毛孔的皮肉。这条束着皮带又吊着吊带的西裤，以及一头企图扰乱他人视觉的假发，不但不体现出老者流连忘返的青春，反而令人对他产生看法：这老者绝对不是一个正经的男人。你老了就老了，你耍什么花哨，你想蒙骗良家妇女，你想欺骗人民群众啊！人民群众的眼睛是雪亮的。看来"丽水山庄"拆迁户今天抬棺材来是有缘由的，只不过他们抬错了地方，他们应该抬到"丽水山庄"去才是。

我主动招呼道，你是黎总吧？老者夹紧皮包没有回答，而是问了一句：张县长呢？我打着手势请他入座，我对他说，张县长临时有事出去了。老者说，你把我骗到这里来！我说，黎总，你讲这句话是要负法律责任的，我告诉你，这里是河边县政府办公室，是人民政府办公机关，不是你"丽水山庄"的售楼部。人民政府从不骗人，只有你们房产公司才会骗人。老者问，你是谁？我说，政府办领导。老者说，你没有资格跟我谈话。我说没错，你讲得对，我没有资格跟你谈，他们有。我指着"迷彩服"他们三个说，他们的田地被你盖高楼了，他们赖以生存的土地被你霸占了，他们有资格跟你谈。你也应该跟他们好好地谈一谈，不要老是让我们政府跟他们谈。你不能只顾拉屎，要我们替你擦屁股。你不能只顾吃肉，让我们像狗一样啃骨头，你这样做很不厚道的。告诉你，我们就是狗，也是藏獒的种。我出了门来，用钥匙在外面将会议室的门"咔嚓"一声反锁上。我隔着窗棂对黎总说，你什么时候跟他们谈妥，我就什么时候给你开门。老者暴跳起来，我告你非法拘禁。我说你告吧，法院院长是我表哥。

我没有想到黎总跟"业余律师"他们的闭门会谈，只谈了两个小时就把三年始终没谈妥的问题谈妥了。看来复杂的问题解决起来也是很简单的，只要各方能够坐下来，心平气和地谈一谈，任何问题都是可以谈妥的。看来对话是解决一切争端的重要途径。双方签了协议之后，黎总一定要请"迷彩服"他们吃一餐饭，并把政府办的同志全部叫上了。黎总以为我真的是政府办的领导，在我给他开门的时候，也把我邀请上了。我没想到花里胡哨的黎总，也是个爽快的人。看来看人不能看头发，要看头脑；看人不能看肚皮，要看肚量。

吃饭地点就在河边大酒店，在大厅那里摆了五桌。黎总率"丽水山庄"几个副总跟"业余律师"、"迷彩服"他们坐一桌，我被安排和政府办盛主任他们坐一桌。我一直对盛主任充满崇敬，盛主任虽然只是个政府办主任,但他可以像一个幼儿园阿姨一样,把那些副县长当小朋友调教得乖巧听话、服服帖帖。有一次他召集各位副县长来开会,传达张县长从美国发来的指示,当场就严厉批评一位跷二郎腿不做笔记的副县长。盛主任说我的话你可以不记,张县长的话你必须记得一字不漏,你对我负责,就是对张县长负责。盛主任最近比较纠结,一是市委组织部已把他列为拟提拔的县处级领导干部考核人选,二是省城有家大型国有企业最近调阅了他的档案,要把他调到那里当副处级办公室主任,三是盛主任考取了一所名牌大学博士研究生,需要脱产去读三年。盛主任举棋不定,不知做何选择。看来好事连连,也是一件烦恼的事情。盛主任给我敬酒,他说,老九啊,没想到一个多年悬而未决的问题,你轻而易举地解决了;一起一触即发的恶性群体事件,你一个出乎意料的举措就化解了,佩服!佩服!我说,本人无德无才,请盛主任多多提携。盛主任"嗨"了一声,就凭你睡棺材的胆略,你现在就可以接替我当主任了。我借酒壮胆道,盛主任,那我可就候着你的位子了。喝了几杯,我瞅准机会去给黎总敬酒。我端着酒杯说黎总,给你敬酒之前,我先纠正一个口误。我的确有个表哥在法院,不过不是院长,是门卫。黎总哈哈大笑,他已经喝得满头大汗,连那头假发也湿了。黎总把我拉到一边,悄悄地说,我告诉你,其实我们谈到最后也没谈妥,是你睡棺材的举动改变了我的立场。我说得了吧,改变你立场的不是我,是那副棺材。我又给"业余律师"和"迷彩服"他们四个敬酒,"迷彩服"说,领导,今天很感谢你,我们拆迁户的问题总算解决了。我用酒杯指着"业余律师"说,抬棺上访万不可取,下不为例。又提醒他道,请保管好那副棺材。

4

　　我睡棺材的事整个县府大院的干部很快就知道了,不久,住院的母亲也知道了。母亲春节后就一直住院到现在。我的父母亲退休后在县城跟我居住，当然也只能跟我居住，因为我的两个哥哥均在国外。这个情况涉及海外关系，需要说明一下。我有两个哥哥，大哥叫玖世平，现住美国；二哥叫玖友平，现居日本。我的父母亲别说去跟他们任何一个居住，就是去看望一下那两个"杂种"的孙子都没有去成。我的两位嫂子都是外国人，大嫂是韩国人，二嫂是日本人。几年前两家人同时回来过一次，两位嫂子一见爸妈就毕恭毕敬地弯下腰，每说一句话，就弯一次腰。两个儿媳妇一弯腰，母亲就跟着弯腰，弄得母亲腰疼了好几天。二嫂的腰弯得最深，可嘴里冒出那句日本话，却令母亲吓一大跳，乍一听她好像是说"✕你妈是你爹"，后经二哥一翻译，原来是"请多多包涵"的意思，母亲这才呼出气来。美国是个移民国家，却绝对控制移民，除非你口袋里有很多的钞票和满脑子的发明创造。父母亲也想到美国去看一看这个在商店里买手枪像买指甲钳一样容易的国家，可是美国驻广州总领馆怀疑他们有移民倾向，几次面签都签不下来。可是去日本的签证通过后，母亲却摸着胸口说心脏不舒服，不去了。母亲说，想起东京，我就想起南京；想起南京，我就想起日本人；想起日本人，我就想起你外公。母亲说，日本我是不会去的。母亲不想去日本走走，是因为我的外公，我的外公当年是国民党军队驻缅甸远征军的一个少将师长，后来和日本人战死在异国他乡，连一座空坟都没有留下，孤独的灵魂飘荡在长满罂粟花的野岭上。为了给母亲一个安慰或者偶然的可能，我曾专门去了一趟缅甸，寻找外公的下落。结果我在那个男人穿裙子女人穿裤子的国度里，连外公蛛丝马迹的信息都没有捕捉到。

母亲刚刚输完液，半躺在床上，脸色苍白得没有一丝血氲，那是长时间卧床的缘故。父亲坐在病床前，削一只苹果。父母亲一生相亲相爱、相敬如宾。他们是二十世纪五十年代在大炼钢铁工地上相知相识的，在当时那个年代里，两人的成分都不好，一个是地主家庭出身，一个是国民党将军的后代，共同的命运让他们走到了一起。母亲住院的这些日子，基本上是父亲一个人负责照料。我的妻子玖雪雁同志是河边高中教师,年年带尖子班、特尖班,年年送一帮学子跨长江过黄河,进北大上清华。河边是个有名的县,不是穷得出名,而是高考出了名。河边给人的印象是,这个穷山沟的小孩读书读得特别厉害。而我的妻子玖雪雁是河边的一张名片,名字比张县长比河中的胡校长还要响亮。家长们一致认为,小孩一旦送到了玖老师手里,基本上就是半个大学生了。这段正值紧张备考时期,玖雪雁几乎没有回家过。春节前我一直是在乡下的,根本顾不上家里的事情。远在国外的两个哥哥,一两个星期才来一次越洋电话。养子防老,这句中国俗语在父母亲这对乡镇退休干部的身上基本失去了实际意义。母亲问我,你那个单位叫什么"办"。我说,"等待办"。母亲盯了我一眼道,真有这个"办"。我说,是临时机构。母亲说,临时机构也不可能这样叫的。我只好坦白,我说这是坊间给我们起的名称。母亲问,你们这个"办"具体干什么工作。我说什么工作都干,主要是接访、劝访。实际上我们根本没有工作任务,我所说的这些都是我自寻的活路。父亲给母亲掖了一下被子,替她问道,是不是每天都要睡棺材?我心里一惊,我说哪里会有这样的事情?母亲紧盯着我,你说实话,你是不是睡了?我只好点了点头。

母亲眼里一下子噙满泪水,她哽咽道,你和雪雁还没有一男半女,你怎么能做这种活人禁做的事呢。这个问题涉及我的婚姻状况,需要多说两句。我的配偶玖雪雁同志,是母亲当年在路边捡到的弃婴,被我母亲当作干女儿收养。玖雪雁比我小两个月,我们自小以兄妹相称相处。当年我们领到大学录取通知书后,母亲对我宣布,雪雁以后是你的老婆。母亲把她的干女儿,变成了她的儿媳妇。母亲是这样对我解释的,她说我可以把雪雁嫁出去,但是,她的父母已经把她抛弃了一次,我再把她嫁出去就等于又把她抛弃了。母亲对我说,和平,雪雁这样一个女孩,你一辈子打着灯笼也找不到第二个。我默默地服从母亲的安排,接受母亲的礼物。我从会开口说话的第一天起,就没有对母亲说过一个"不"字。我的二哥却提出了反对意见,他认为母亲这样安排涉嫌包办婚姻，损害我们这个开明家族的形象。母亲对二哥的意见嗤之以鼻，母亲说你十六岁还尿床，你懂得什么叫作包办婚姻。雪雁与和平是同吃一个乳头长大的夫妻，你满世界去找，也找不出第二例来。我和玖雪雁在婚床上睡了将近一年，我才脱下那条硬似牛皮的牛仔裤，才正式由玖雪雁的哥哥变成玖雪雁的丈夫。如今，我们没生养一男半女，我在一年一度《领导干部落实党风廉政建设责任报告表》上"子女出境出国就读、就业、经商情况说明"一栏上的内容始终是空白的。然而对于母亲的婚姻安排，我从来没有一丝情绪，没有一点憎恨，就像我永远不会憎恨母亲把我带到人世间一样。我连忙安慰母亲，我说妈，我当时只是做个样子，并没有真正睡到棺材里面去。母亲相信了我的话，她又说，工作肯定要做，但要讲究方式方法。我在心里面说，当时情势危急，最好的方法就是睡到棺材里面去。

5

我的手机半夜三更振动起来，盛主任说你马上到办公室来。母亲警惕地问道，该不是又抬棺材来了吧，我说哪能天天都抬棺材，是张县长开的一个会。母亲说，半夜了还开什么会。父亲替我答道，半夜的会是紧急的会，人少的会是重要的会，一帮人开的会是可开可不开的无关紧要的会。到了会场我才知道会议真的像父亲说的那样，是一个紧急的重要会议。会议开了一个晚上，问题还没有解决。我半途才被临时通知来开会，事先不知道会议内容，坐下来认真听了几个人的发言，才知道国家开发银行陈行长明天要来河边，到平安乡去看一所他们援建的希望小学。平安乡的"老上访"周志超获知这个信息后，决定披麻戴孝拦车上访。今夜，大伙儿的眼睛是为这个周志超而熬红的。盛主任递给我一份资料，是周志超的基本情况。这个周志超比我大两岁，今年四十七岁，平安乡平安街人。全国高等教育自学考试古代汉语专业毕业，曾在乡中心小学当过代课教师，后被辞退。那一年平安乡政府发动群众种植甘蔗,周志超以违反群众意愿为由拒绝种植,并谩骂上门做动员工作的乡干部。乡党委书记宁非带人上门动员,与周志超发生冲突,就把周志超带到街上给群众做现身说法。释放后,周志超很不情愿地种了两亩甘蔗。此后,周志超就不断地到上级有关部门上访。

可不可以把他关起来?有人嘀咕道。

邱局长说不能关,他现在什么事都没做,凭什么关他。那人接过话去,那只能等到他披麻戴孝拦车才能关了。邱局长说,也不至于这样。有人问道,这个周志超他有点什么病没有,可不可以把他送到医院去检查一下?有病治病,没病等陈行长走了就把他送回来。邱局长说,这个也不是办法,哪能强迫人家去医院检查身体,我们就是派医院的人去动员,他坚持不去你能把他怎么样。

张县长说,大家都想想,还有什么好的办法。

邱局长说,我认为,这个周志超我们是要接触的,我们必须跟他认真地谈一谈,或者说跟他道个歉,听听他的诉求,要让他看到政府的诚意,这对现在和将来做好他的工作都有好处。

张县长说,这样好,这样可以先稳住他,又能够为下一步解决他的问题创造条件。我看,就让县信访办的同志去吧,宁非他们肯定登不了门。

邱局长说,信访办的同志也登不了门的,去年周志超就跟信访办的同志发生过冲突,起因是信访办危祯水主任跟他说了一句话,说你游一次街算什么,我老爹"文革"期间天天被游斗,他都无怨无悔。周志超就骂危祯水是狗汉奸,还打了起来。邱局长说,我倒认为有一个人是最佳的登门人选。说着侧过身来递给我一支烟,我一接过烟,就发现这支烟牵着所有的目光,一下子投在我的身上。我把烟从嘴里拔出来,掐进烟灰缸去,我说,邱局长的意思是让我去睡棺材。邱局长连连摆手,不不不,我不是那个意思,我是说周志超这个人头难剃脸难洗,他上过省城,去过北京,我们公安机关都想不出对付他的最佳办法。我认为处理群众上访这方面的工作,玖和平同志总是有他自己独特的一套,有他最佳的办法。

张县长意味深长地望了我一眼,我立即明白这一眼神的含义。我说,通常情况下一个人只睡一次棺材,难道我可以有几次机会?

张县长挠着脑袋说,也不会总是让你睡棺材的,他周志超一个人也抬不了棺材,我看你就去一趟吧。我说老大,我去了我能做什么呢,我既不能表态,又不能拍板。张县长说,拖住他,不让他上街拦车上访就行了。我说,那也只能是拖一次,拖不是最佳的办法。张县长说,起码是眼前最佳的办法,拖一次算一次,以后的事以后再说,我们这一届解决不了,就交给下一届去解决嘛,下一届的同志肯定比我们聪明。

出门时,邱局长一手搭在我的肩上,说国难思良将啊。我拿开他的手,说活人睡棺材啊,趁机摸了一下他的腰身,借你的枪给我壮壮胆吧。邱局长一把撩开上衣,露出一面滚圆的肚皮,皮带上除了一串钥匙,没有悬挂多余的东西,邱局长说,这年头警察哪还有枪,都入库了。另一只手又落到我的肩膀上,是张县长那只厚实的手。张县长拍了又拍说,还挺结实的,看来是可以再加担子。这话意味深长,跟刚才那个眼神一样。回到医院,母亲醒过来,我坐到床沿,拉过母亲的手,我说妈,今夜我加班写材料,不能陪你了。母亲叮嘱我道,你忙去吧,夜里风寒,穿厚一点的衣服,别感冒了。母亲说,老妈不怕病,就怕我儿病。我到达平安乡时,差不多凌晨两点,乡府大门紧闭。我连续摁了几声喇叭,院内没有反应。我把车子远灯近灯都开了,把乡府大门照个雪亮,再摁了几声喇叭。很久,有人把大门打开。

宁非书记呢?

在!开门的人小心翼翼地回答。

宁非用手遮着眼睛走过来握住我的手,平哥你怎么来了?我说给你擦屁股来了。说罢觉得这话说重了,顺口问道,接待工作准备得怎么样?宁非说,一切都准备好了,欢迎标语已经悬挂。欢迎标语,谁叫你悬挂欢迎标语？我责怪他道,领导来怎么能悬挂欢迎标语呢,这个基本常识你懂不懂？你以为平安乡又超额完成甘蔗种植任务。我敢肯定,周志超是看到了欢迎标语才知道陈行长要来的。

你知道要发生什么事吗？

没什么事的。

你敢保证没事吗？

绝对保证!

你知道周志超要干什么吗？

没发现他有反常行为。

你这是麻木不仁!我提高嗓门道,我告诉你,周志超明天要拦车喊冤,我连夜赶来就是为了这个事。宁非紧张起来,妈的!我马上叫派出所把他抓起来。抓人？你敢!你凭什么理由抓他？我警告宁非说,现在是什么年代,现在是法治年代,你懂吗？你以为还可以像过去那样冲冲杀杀,现在不行了!懂吗？我说天快亮了,你马上派人去侦察周志超到底在不在家,或者藏到哪个亲戚家去了,然后准备三斤猪肉、三斤水果、三斤饼干,天亮后我带上去他家,剩下的事情你不用管了,整个接待程序你们按照原方案进行。

我在乡府办公室里一宿没睡,早上宁非进来反馈情况:周志超就在家里。我说好,现在就上周志超家去。刚要动身,我突然想起忽略了一个环节,我出来的时候忘了开个介绍信。没有介绍信,怎么证明我的身份,身份不明,周志超怎么相信我？我想了一番,认为这张介绍信只能由一个人来代替。谁来代替呢？这个人不能是乡府干部,周志超对乡干有成见,这人最好是周志超的亲戚或者朋友。我问宁非,周志超有亲戚在乡直机关当干部吗？

宁非说有,周志超有个侄女在乡卫生院当医生,叫周小芳。我说太好了,你马上把这个周医生叫来。宁非走后,我打开车门,把来时准备的香烟和白酒等礼品拿下车来。

一个俊秀的姑娘来到跟前,宁非要介绍,我摆手制止。我把姑娘拉到一旁，我说我姓覃，叫覃剑，是县纪委书记，今天专门来调查你叔叔受迫害的事。根据工作需要，你现在负责带我去见他，行吗？周小芳说好的，我四叔为了游街的事一直闹个不休，给政府添了不少麻烦，很对不起政府。我们手里拎着礼品走出乡府大门，来到街上时，我看到街上被打扫得干干净净，没有见到欢迎标语，估计宁非已下令撤下来了。走出街上，来到街头一间破败的房子前，周小芳说，这就是我四叔的家。我说，你也进来吧。昏暗的屋子里，周志超正弓着背在一张八仙桌上写字，桌上铺满了纸张。他的头发像崖石上一团疯长的杂草。

老周，你好！

周志超倏地转过身来，见到我，他警惕地收拾纸和笔。我伸出手去，他没有握住我的手。周小芳介绍说，四叔，这是纪委覃书记，专程来调查你被游街的事。周志超眯缝着眼睛，覃书记，我怎么没见过？我说你没见过的领导多着呢，县四家班子领导五十六个，七大桌的人，你认得完吗？你以为领导个个都是大红灯笼一年四季高高挂在那里吗？是要不断地更换的，你都能认得完吗？我是新任的县纪委书记，才上任不久。我递上带来的烟酒果肉等礼品，周志超拒绝接受，我把礼物搁到八仙桌上。我说这是我自己掏钱买的，是我个人的一点心意。你是我上任后下访的第一个群众，你要是给个面子我就坐下，你要是不相信我，我转屁股就走人，你以为你有多冤啊，我爹妈以前比你还冤。

周志超说你请坐吧，我们两人在八仙桌两边坐下来。周志超问，李书记调到哪里去了？我心里一惊，原来周志超是认识纪委李书记的。我说李书记提拔了。周志超说，李书记答应过我，要解决我的事情，现在我的事情还没解决他就提拔了。我说共产党的政府是铁打的营盘，我们是流水的兵，李书记走了我来了嘛，他没解决的事情我来解决。周志超指着桌上一大堆材料，这些都是我的诉状，我现在什么事都不干，就专门告状，一直告下去，告到北京去，告到联合国去。我冤啊！我不种甘蔗，宁非他们就押我游街示众。那天是个圩日，他们把我从街头押到街尾，一个干部用手提喇叭一路喊，大家都看见了，哪个不种甘蔗，哪个就是周志超的下场。后来宁非叫我写检讨，我不写，他就踢了我一脚。

周志超说到这里，哗啦一声褪下裤子，他说，我的一只睾丸被宁非踢进肚子里去了，你摸摸看，没有了。我感到有些不自在，周志超一把抓了我的手去摸他的裆部，你摸，真的没有了。

四叔！

周小芳在厨房里着急起来，你别为难覃书记好不好。周志超余怒未消，我就是要反映，就是要讲给覃书记听。周志超说，宁非是个什么东西，他是个典型的腐败分子。他在平安乡大吃大喝，行贿受贿，还搞女人，这种腐败分子就像笼子里的鸡，随便杀哪一只都不冤枉。周志超在申诉的过程中，我始终默默地听着，不时做些记录。这时，周小芳已做好饭菜，出来招呼道，四叔，甭说那么多了，快请覃书记吃饭。我瞄了一下手表，这个时候陈行长应该是在来平安乡的路上。

这餐饭必须吃好，而且吃的时间越长越好，一直吃到陈行长离开平安。这就是我今天的使命，我今天的使命就是跟周志超吃这餐饭，就是把他放倒，不让他上街去。我不知道周志超喝不喝酒，如果他不喝酒，那么就不便于把他放倒，我总不能强迫一个不喝酒的人喝酒吧。如果周志超是喝酒的，那么他的酒量如何，我的酒量能对付他吗？我的酒量和GDP一样在乡镇干部中的排位还是比较靠前的，是"公斤级"俱乐部的成员，对付一个周志超应该没有多大困难。周小芳招呼的时候我主动站起来，随手拎起带来的两瓶"五粮液"走向饭桌。桌上摆了一盘酱猪肉，一碟炒黄豆，一盘焖豆腐，一盆青菜汤。我正要开启瓶盖就被周志超阻止了，周志超说，喝我本家米酒吧，这坛酒我从开始上访的那天起就封存到现在，本来计划在告倒宁非的那一天才喝的。但是，今天你来了，我就看到了胜利的曙光，它是站在海岸遥望海中已经看得见桅杆尖头了的一艘航船，它是立于高山之巅远看东方已见光芒四射喷薄欲出的一轮朝日，它是躁动于母腹中的快要成熟了的一个婴儿。好家伙！后面几句那是毛主席《星星之火可以燎原》中的名言，他把毛主席语录背出来了。

我们三人边吃边聊，周志超始终是他被游街示众的话题。周志超说如果上级处理不了这件事情，我就找机会把宁非废了，既然我已经是个废人，那我也要让他变成个废人。我劝他道，不能这样，不能走极端，还是要讲法律，要通过正常的渠道，要相信组织，要耐心等待嘛。我每劝他一句，就敬他一杯酒。周志超也不推辞，他每喝一杯，就回敬我一杯。杯子是那种"牛眼"杯，有一两这样的容量。那酒的度数也不是很高，估计不到"五粮液"度数的一半。用这样容量的酒杯来喝这种低度的酒，我应该是游刃有余的。果然到后面我终于发现，周志超抱着那坛酒往酒壶里倒酒的时候，他的手在微微颤抖，我知道他就要倒下了。但是，他还在坚持喝，坚持他的述说，尽管舌头在他的嘴里已经打转。周志超说我不能再等了，我已经等了五年，宁非还是没有给我一个说法。我被踢了以后，老婆听说我的睾丸被踢坏就回娘家去了。周志超呜呜地哭起来，老婆不嫌我丑，不嫌我穷，就嫌我没生养能力。

兄弟，你受苦了！

我端起酒杯，眼前一片模糊，我搞不清自己是流泪了还是酒上头了。周志超擤了一把鼻涕，覃书记，不说别的，就你这句话，已经让我感动了。我跟宁非有仇，但我跟你无仇，跟人民政府无仇。不知道周志超什么时候已经把"牛眼杯"换成了玻璃杯，就是平常我们喝啤酒的那种杯子。我一看这阵势就开始慌乱了，但已经没有了退路，只能迎头上去，搏了。当我喝下第三个玻璃杯的酒之后，我眼前一黑，就什么都不知道了。

后来的情形或者事件我没有亲历，我与周志超喝酒喝到中午十二点左右，也就是陈行长到达平安的时候，我醉倒在周志超的家中。从接受任务的那时起或者说从进桌的那一刻起，我就谋划着把周志超放倒，没想到最后倒下的是我。我是三天后才从宁非嘴里知道事件的经过，当时周志超从家里出来后，按照事先的计划来到街上一个米粉店藏了起来。那个时候陈行长正在希望小学校园里视察,给学校捐赠电脑和教学仪器,然后进到学生饭堂去看看。陈行长从饭堂里出来后,直接登上中巴车。车队缓缓驶出学校大门,驶向街上的时候,周志超突然从米粉店里冲出来,拦住了车队中陈行长乘坐的那辆中巴车。周志超在距离中巴车一米远的地方跪了下来,他仰天长号,冤枉啊!我冤枉啊!在前面开路的警车开出很远了才发现情况,邱局长急忙调头回来,率领几个干警冲上去,把周志超拎起来塞进了警车。

后来有人说我那天是假醉,我绝对不会醉酒,我的酒量那真是海量,喝酒从未醉过;有人说我那天登门的时候就被周志超识破了,所以他在酒里下了蒙汗药,在我动手之前先发制人,先把我放倒了;有人说我是被周志超俘虏了,确切地说是被周志超的侄女周小芳俘虏了,因为我在平安乡卫生院打点滴时,周小芳在病房里陪我睡了三天三夜。哪有醉酒醉了三天三夜的,那是被人家女孩掏空了。

6

我的确跟周小芳在平安乡卫生院的病房睡了三天三夜,我睡在一张狭窄的病床上,周小芳睡在一只躺椅上。我在她四叔周志超家里倒下后,是她把我背到乡卫生院去的。我一米八的个儿,周小芳苗条柔弱,体重估计不到一百斤。一个体重不到一百斤的女人,居然背一百多斤的男人走了将近五公里的路程,中国妇女的负重力可见一斑。周小芳背我到乡卫生院的时候,她的四叔周志超已经到街上潜伏下来。至于周小芳知不知道她四叔那个时候要到街上拦车上访,她四叔那天到底有什么企图,过后在与我的闲谈中,她说她的确什么都不知道。她根本不知道那天有什么重要领导来到平安,更不知道我那天到她四叔家的真正目的。她对我说,覃书记,我对天发誓,我的确什么都不知道。

周小芳从家里给我带来玉米粥和酸菜,我把一只保温盒的玉米粥和酸菜都吃完了，我问周小芳你怎么知道我爱吃玉米粥。周小芳说，我哪里知道，我只知道喝醉了酒，玉米粥是暖胃养胃的最佳食物。我问周小芳，我是不是把你压坏了。周小芳红着脸道，没有，不过你也挺沉的。我又问，我是不是吐了你一身。周小芳说，就是你没吐出来，才让我们紧张了一夜。周小芳确实紧张了一夜，我不但没吐出来，而且没尿出尿来，心率达到一百三十次，情况非常危险，当务之急是导尿。周小芳支开护士后，把房门关上，把我裤子褪下来，将一根导尿管插入我的生殖器。周小芳是个医生，看这类物件就像看手脚一样寻常。但医生也是人，独自面对一个男病人的生殖器，未婚的周小芳是第一次，她显得有些笨拙，她捣弄了一段较长的时间，才把我体内充满酒味的尿水导出来。人们说周小芳把我掏空了，不是没有一点理由，不过她掏空的是尿水，属于职业范畴，与道德无关。

我从床上坐起来，周小芳纤手一指，我见到了宁非，宁非背对着我在阳台那里抽烟。

宁非！

我喊了一声，宁非踩灭烟头进到病房来。宁非开口就问，平哥你那天怎么喝醉了。我轻描淡写道，如果那天喝的是"茅台"或者"五粮液"，哪怕"泸州老窖"，甚至"宏慧黄酒"，我都绝对没有问题，高度酒我能喝，低度酒我不行。我说宁非，你千万别小看农家土酒，那酒后劲儿大得很。我是从来没醉过酒的，没想到这次醉了，醉得很不光彩，醉得很不体面，而且给县里带来了负面影响。我这次真的是老猫跌碗架了。不过，有个教训也好，说明我们这方面的工作方法落后了，淘汰了，不与时俱进了，不科学了，不适应新的形势了。喝酒本来是一种增进友谊的手段，我却把它当作处理问题的办法，报应啊！

我看得出来，宁非心里像灌了铅一样沉重。这是一起严重的接待事故，一起影响恶劣的政治事故。表面上看是我具体操作的预案遭到失败，但问题的根源在宁非这里。这里是事件发生的地点，宁非是周志超控告的对象，他以前在处理周志超问题的方式方法上确实存在严重失误。宁非他心里应该明白，一旦上级追究下来，不但我受到处分，他本人也逃不脱干系。宁非和我是县处级领导干部后备人选，他一旦背了个处分，就免谈提拔考核的事了。

宁非问道，平哥你好些了吧。

我说，你要赶我走了？我还想在平安这里休闲几天呢，现在我国居民日均休闲的时间非常少，平均每天时间不足 2.2 小时。平安这里的空气很好，负氧离子很高，是个休闲养身的好地方。宁非说，你想待多久都行，只要你愿意。

见到我们两人在谈话，周小芳拿了保温盒告辞出去。

我说宁非，大家都是兄弟，今天在这里，我想跟你说些心里话。宁非说，平哥你只管讲，我何时没听过你的话。我说，今年县里调整充实班子，宁非你肯定入围。宁非说，你这是笑话我了，我哪里还有这样的机会。我说，我会看面相，我不会看走了眼的。

你真的会看？

我就把宁非仔细端详了一番，现在这张娃娃脸上布满了愁云。我说，你肯定入围，不过，你会遇到一些麻烦，这个麻烦就是迷信所讲的遇到"拦路鬼"。宁非一听就明白了，你是说周志超吧。我从床上下来，站在宁非面前，我说拦车这件事要处理的对象是我而不是你，是我操作失误造成的。但是，周志超不停不断地告你的状，却是一件麻烦事。平常他告也就告了，没人理会，可在你提拔公示的时候，他告状的情形就不一样了。你知道，公示期只有七天，周志超的事七天能调查清楚吗？等调查组搞清楚了，你就是清白得像一瓶纯净水，这瓶纯净水也是一瓶冷冻了的水，想要解冻它也得等到下一届的届中或者届末了。岁月不饶人啊！兄弟，我们这一生能有几次解冻的机会，就是有一两次的机会，我们也会冻成冰块儿了。

我一掌拍在宁非肩上，我说兄弟，你现在就去派出所给周志超下个跪，然后把他接回家。这一趟对你的人生、对你的前途尤为重要，就叫作"破冰之旅"吧，虽然旅程不远，只有一两公里，但对你的影响却是一生。宁非坦然道，平哥，我去，我跪，如果老周不出来怎么办，我们以前关过他，他说关得好，我正懒得做饭。我说，你只跟他讲一句话，他马上就跟你回来。

什么话？

你跟他讲，你老婆回来了。

宁非问道，他老婆真的回来了？

我说昨夜回来了，我叫周医生去她娘家接回来的。我穿好衣服从病房出来，到交费窗口那里结账。窗口里财务人员说，宁书记结过了。我心里骂了一句他妈的，这家伙今天真的要赶我走了。

我来到街上，买了一只公鸡，五个粽子，还有手上的一包布料，都一起拎着来到周志超的家。几天前，我在这里倒下，今天我又来到这个地方，真是应验了那句老话，从哪里跌倒，就从哪里爬起来。

进到周志超的家门，我见到周小芳正跟另一个妇人在厨房里忙活。我喊了一声，小芳。哎！周小芳抹着手出来，覃书记来了。我扬了扬手里的东西，周小芳急忙接了过去。再出来时，我把她拉到门口，悄悄地问她，我跟你讲的那件事，你跟阿婶讲了没有？周小芳一下子没反应过来，忙问什么事。

我挠着脑袋说，哎呀！就是，就是，就是那个事嘛。

什么事？到底什么事嘛？周小芳也跟着急起来，我的脸像通了电的电磁炉一样热胀，哎呀！就是你叔，你叔那个睾丸没什么问题的，都在，好好的，我摸过了。周小芳低着头，憋了很久才吐出两个字：讲了。我笑道，讲了就讲了嘛，还有什么不好意思的，亏你还是个医生呢。周小芳一只指头狠狠地戳了一下我的额头，下次再给你导尿，我用一根粗管。

周小芳进到厨房，将那妇人领到我跟前，介绍说这是纪委覃书记，专门来慰问四叔的。妇人先是深深地鞠了一躬，接着"扑通"一声就跪了下来，嘴里说道，感谢恩人感谢党，感谢人民政府。我慌了手脚，扶也不是拉也不行，两只手扬在半空里，只是不停地劝说，你别这样,你别这样!然后求助于周小芳,小芳,你劝劝她嘛。周小芳就一把将妇人扶了起来。

我看清了妇人的脸,一张和周小芳一样端庄的脸,只是身上破旧的衣衫亵渎了她的青春和靓丽。我拿过那只布包来,双手递给妇人,我这次来你家,没什么准备,这几米布料你拿去做一件衣服吧。妇人眼里的泪水一行行地滚落下来,她缩着手不肯接受那只布包。周小芳劝道,覃书记送你东西,你就收下吧。妇人听了周小芳的话,抹了一把眼泪,哆嗦着手接过了那只布包。

这几米布料是昨天上午我和周小芳在平安街上买的,周小芳说你这个情义太重了,我阿婶一个农村妇女,收受不起。我原本是想让周小芳去接她阿婶时顺便送去的,周小芳说还是我阿婶回来后你亲手给她最好。我盯着她道,我还想买给你呢。周小芳红着脸道,我是很想得到的,可我没这个缘,也没这个命,都说好男人不像城里的公交车,不会每隔几分钟就来一辆。我说,要是我生在我爷爷那个年代,我就会娶你做二房。周小芳笑了起来,看来你们当官的都想包二奶。我也笑了起来,我说,想是一码事,行动是另一码事,我这个人有贼心有贼胆,却没有贼的本领。

趁着两人进到厨房里去,我悄然出了家门。一到街头,就看见宁非和周志超从车上下来。他们同时也见到了我,两人像是企图阻止我前进一样疾步走来。走近了,我的目光和周志超的目光撞到一起,我们默默地对视,企图从对方的眼神里读懂自己需要读懂的内容。我首先打破沉默,我说,老周,我现在向你郑重地更正并且真诚地向你道歉,我欺骗了你,我不是纪委覃书记,同时,请代我向你的爱人和你的侄女解释说明并转达我的歉意,对不起,真的对不起了。

周志超说,我早就知道了,你那天早上一进门,我就认出你来了,你根本不是纪委什么覃书记,纪委也没这个覃书记,你是"等待办"的玖和平,你那天在县府大门睡棺材,我就在现场。你为什么说你是纪委覃书记,你为什么不说你就是玖和平,你知道吗?如果你实话实说你是玖和平,我就不会上街拦车了。

老周!

我打断他道,我们现在再来讨论你拦车这件事已经没有任何意义了。你不要再提这件事,我也不想再提这件事,再说了,你今天不拦车,明天你还会拦车。我了解你这个人,你是蚂蟥的性格,不出点血你是不会善罢甘休的。刚才我已经向你道歉了,你没有必要再追究我的欺骗。至于我为什么要隐瞒我的身份,为什么要假冒一个纪委覃书记,这个问题我一下子跟你说不清楚,也不可能跟你说得清楚,但是我可以从一个最普遍的现象中找到理由,那就是人人都会犯错误。宁非犯过错误,你被游街示众他负有主要领导责任;你拦车上访,也是个错误,违反治安管理条例,所以你被留置了。错误人人都会犯,关键是犯了错误要改正。我的错误我要改正,宁非的错误他要改正,你的错误也要改正。我说,宁非他给你下跪了吗?周志超点了点头。我一只手搭在周志超的肩上,老周,我玖某人还有个事相求于你。周志超说,你讲。我说,你是不是土命?周志超说我是土命。我说那就是缘分了,宁非他命里缺土,得补,如果你同意,宁非今天就到你家去,在神龛前给你老周磕个头,认你做个"寄父",你把他收为"寄子",把你老周的一些"土",填到宁非的"地"上。你宁非也不能空手而去,你得抱一只公鸡去,带几个粽子去,扯几米布料去。那只公鸡老周你也不能都吃完,你得留半只鸡给宁非拿回来供奉,供在哪里?乡政府肯定没有神龛,就供在会议室马恩列斯毛刘周朱的画像下面吧。

周志超一把抓住我的手,不行!你回我家去吃了饭才能走。我说时间不允许了,我要赶到市里去检讨。

7

我的大学同学阳教授曾多次跟我表态,要帮我引见市委黎书记,我一直强调要等到关键的时候。我认为,现在就是关键的时候了。我这位同学阳教授在省城一所大学教书,他本来是个作家,却喜欢别人称他教授。但如果别人实事求是地叫他阳副教授,他就很不高兴,他说,少提一个"副"字,死得了你吗?阳教授几乎每年都要来河边写作,一来就住上十天半月,吃喝拉撒睡全由我负责。阳教授一直认为当代中国文学只有两部经典之作,一部是高玉宝的《半夜鸡叫》,另一部是他的代表作《半夜叫鸡》。我打电话给阳教授,阳教授说,我现在就在市里,就在黎书记的办公室,你马上赶过来。我进入市委大院后,阳教授说,你上到8楼808号办公室来,我在这里等你。进到办公室,阳教授一个人跷着二郎腿坐在沙发上。我过去紧挨着他坐了,我有一点紧张。阳教授用手指了指里间一扇紧闭的门,我立即领会到,黎书记正在里面办公,里面那间房才是办公室,外面这间是会客室。阳教授递了一支烟过来,我摆了摆手,提醒他道,这种地方是不允许吸烟的。阳教授说别人当然不能吸,我是可以吸的,说着自个儿点燃了烟。

阳教授吐出一口浓烟,他说待会一见面,我什么都不讲,你自己做自我介绍,至于怎么介绍,你现在就开始打腹稿。我慌了起来,这怎么行呢?黎书记不认识我。阳教授说,正因为黎书记不认识你,就需要你做自我介绍,自我展示,第一印象非常关键,你一定要把话说好,说得精彩一点。

我浑身胀热起来,里面虽然开着冷气,却感到脊背上不断冒出汗水。瞄一眼旁边的阳教授,见他一身黑色西装,领带系得一丝不苟。我脑子里一片空白,两眼紧张地盯着那扇随时都会打开的房门。

那扇门突然开了,我条件反射地站起来。里面出来了几个人,门又关上了。那几个人微笑着与阳教授点头致意就出去了,有两个主动过来与阳教授握手。阳教授只是欠了欠身,伸出手去让他们抓了一下,人并没有站起来。阳教授指着他们的背影说,这两个孩子肯定听过我的讲座。

此后,这样的场景又重复了几次,我就不再跟着站起来,我的呼吸逐渐变得均匀。我主动向阳教授提出吸一支烟,阳教授就递给我一支，并帮我点燃了火。阳教授说，能够在这种地方吸烟的人，不是一般的人，而胆敢在这种地方吸烟的人，更不是一般的人。我说，胆敢者除了你就是上访者了。阳教授"切"了一声，上访者能进得了这个门？

这一次那扇门是洞然敞开，彻底地开了，出来的不是几个人，而是一帮人。黎书记是最后一个出来，是送那帮人出来的。那帮人走到门口那里就停住了，他们是在等待和黎书记握手告别。果然黎书记过去，逐个与他们握手。有几个幸运的人，肩膀上被黎书记轻轻地拍了一拍。待那帮人走完，黎书记把门关上，转过了身子，阳教授和我同时站了起来。黎书记的目光首先落在我的身上，他发现了一张陌生的面孔。我抓住时机向前迈出几步，属于很细小的那种碎步，像电视里仆人迎接主人的那种职业步伐。到了黎书记跟前，黎书记并没有伸出手来，我也没有伸出手去，我仔细地打量了黎书记一番，发现现实黎书记的脸庞和电视画面上的脸庞，有很大的差异，并不是那样的满面红光、神采奕奕。一方面是它布满了斑点，属于老年特征或者酒精肝的症状；另一方面是它体现着疲倦和憔悴，是长期熬夜或者思虑过度。我认为，导致这种差异无非有两种因素，要么是电视台的机器已经衰老接近报废，导致画面失真，就像县医院的那台CT机，总是照不清我母亲的胰腺；要么就是黎书记的身体器官可能出现了问题甚至发生了病变。凭着感觉，我倾向于第二种因素，于是我一口气说了以下一段话：

黎书记，我今天要给你提一些批评意见了。从我今天中午十一点十分进入你的办公室到现在，你一直都在与有关方面负责同志商量事情，研究工作。现在已经是下午一点五十三分，差七分就两点了，你中午饭肯定还没吃上。如果从上午八点开始算起，你到现在已经连续工作了六个小时，再加上下午上班时间和晚上加班的时间，我算了一下，你一天要工作十四个小时以上，你一天工作的时间比革命导师列宁同志还要长。长期这样下去能行吗？你的身体能吃得消吗？能扛得住吗？众所周知，我市是欠发达地区，经济还比较落后，你心里边着急，你心里边焦虑。你的心情同志们都理解，全市人民都理解。但着急也不能这样不顾身体不顾生命地工作呀！你不要以为你的身体只是你自己的身体，你的身体不仅仅属于你，属于你的爱人，属于你的家庭，还属于组织，属于全市人民。大雁高飞头雁领，你倒下了我们怎么办？全市人民怎么办？

　　在我说这一段话的过程中，黎书记的神态出现了三次变化。首先是恼怒，一见面我既不招呼又不主动握手，这种不礼貌的行为让黎书记很不愉快；黎书记继而是震惊，我一开口，连一句你好都不说，就直接提出批评意见，而且句句都是实话，句句切中要害；最后黎书记是感动，深深的感动，他的眼角挂满了泪花。黎书记伸出手来，不是一只，而是一双，黎书记双手紧握着我的手，请问你是哪个单位的？

　　他是我的老同学，阳教授终于在身后说话了，他叫玖和平，大写九的玖，和平共处的和平。他当过乡镇党委书记，现在是河边县"等待办"第九副主任。

　　什么"办"？

　　黎书记问。

　　"等待办。"

　　阳教授说。

　　真有这个"办"啊？

　　黎书记又问。

　　阳教授说，就是等待你提拔嘛。

　　黎书记说好啦！我现在虚心接受小玖的批评，并诚恳地改正我的毛病，你们俩现在就陪着我去吃饭。黎书记亲自招呼我进了电梯。来到楼下，我要去开我的车子。黎书记说，坐我的车，坐到前面的位子上去。来到大酒店，早已有人在那里迎候。身材窈窕的服务员把我们引进一个大包间，里面一个服务员已经在餐桌边分汤。落座后，黎书记递给我一支烟。我慌忙接过，一只手在裤袋摸着打火机，还没摸到，黎书记的打火机已经点着了我的烟头。黎书记吐着烟雾说，你这个小主任胆子不小，敢提市委书记的意见，当书记这么多年，我还是第一次听到这样的批评意见。我说黎书记，我可是一点阿谀奉承的意思都没有，你真的要为你的身体着想，如果你有十分心，最起码要有三分心落在你的健康上，我看你现在连一分都没有。其实，在领导身边工作的任何一位同志，都有这样的愿望和期盼，"文化大革命"时，周总理办公室的同志就贴过他不注意身体的大字报，因为大家心里都清楚，在那个非常时期，如果周总理再倒下，全国人民就没有什么盼头了。黎书记，我是个基层干部，心肠直，就像果子狸的肠子一样一条肠子通到底，言语粗鲁多有冒犯，请你多多原谅。黎书记的眼角又湿润了，他把一只手搭在我的肩上，原来我以为基层的同志多是刺儿头，没想到也有小玖这样的柔情侠客。

服务员挨到黎书记的身边，低声问上什么酒水。黎书记征求阳教授的意见，阳教授摇着巴掌说，我喝什么你忘记了？黎书记转身对服务员说，上"五粮液"。我赶忙表态道，黎书记我不喝酒的。黎书记故作惊讶道，我还是第一次听说基层的同志不喝酒的。阳教授替我解释道，这孩子是喝怕了，前几天某行长来视察，他负责去做一个上访对象的工作，本来他是要放倒人家的，结果反被人家放倒了，偷鸡不成蚀把米，那家伙趁他酒醉就上街拦车叫冤了。黎书记问，是那个平什么乡拦车的事吗？

我连忙答道，是，是平安乡。

黎书记哦了一声，这事我听过汇报了。

我说黎书记，这次接待国家开发银行领导，我严重失职，我向您检讨，诚恳地接受您的批评和组织处分。黎书记没有言语，而是端起酒杯来敬我。我拿起一杯茶水碰了，说黎书记我真的不喝酒了。黎书记仰起脖子一口干了杯里的酒，搁下杯子，黎书记说，你以为我看不出来，你不是不喝酒，你是有情绪，不就是一个小事件嘛，有什么大不了的，今后汲取教训就是了。上访的事，哪里没有？重庆那个钉子户还在屋顶上插五星红旗呢，再说了，凡上访者都有他们的诉求和理由，我们要坦诚相待，敢于从自身查找根源，解决问题。我对信访工作历来的态度是，直面上访现象，注重接访效果。我端起酒杯，犹豫了一下又搁下来。

阳教授一手端着杯子，一手拨打手机，宁非吗？我阳教授，对，我现在和胜亮书记在市里吃饭，老九也在，好，你跟胜亮书记讲几句吧。阳教授喝了那杯酒后把手机递给黎书记，小宁，宁非，就是去年跟我们扫过墓的那个乡书记，他要跟你说几句。黎书记接过手机贴到耳边，听了一阵后才说，哎，好，这样很好，过去刘伯承元帅就和彝族头领歃血为盟，这是我党统战工作的典范，你这样做就对了，你还要多关心他，多照顾他们一家的生活。好的，你跟小玖说两句吧，他是你的贵人啊！黎书记把手机递给我。我张口就问，那半只公鸡你拿到乡政府会议室去供奉了没有？宁非连说供了，供了。我说，供了就好，然后让干部们每个人都吃一块鸡肉，告诉他们说这是周志超家的鸡肉。

阳教授拿回手机，又拨通了一个号码，张县长你好，我阳教授，对，好久没见了，一年，没到一年吧，过一段我还要过去的，好，我现在市里跟胜亮书记在一起，我的同学你的部下玖和平同志也在这里。不行的，这种事情你最好自己跟胜亮书记讲比较好。阳教授就把手机递给黎书记，黎书记摆手说，你叫他打我手机，你那手机是漫游的。阳教授只好对着手机说，张县长，我手机没电了，你打胜亮书记的手机吧。

黎书记皮包里响起一阵《新闻联播》的片头音乐，他拿出手机接听说，这事我知道了，不是什么大事故，你们不要有什么包袱，今后注意就是了，我准备签下意见，不做任何处理。另外啊！你可能还不知道，小玖和宁非他们后面还做了很好的工作，遗留问题也处理好了，而且处理得很有典型意义。坏事变好事，说得有道理。我看这个小玖同志，素质挺不错的。好，我过段时间下去一趟，哎，好，再见。通完电话，阳教授像完成了一部作品一样兴奋。他端起酒杯对我说，你看，你的事都摆平了，这回你该喝酒了吧，今天喝的是"五粮液"，不是农家土酒，这回你不会喝醉的，你要好好敬黎书记几杯，黎书记这么平易近人，你不敬他几杯怎么行。我一下子就进入状态，往昔那种带有点匪气的豪爽,又冒出来了,我频频举杯向黎书记敬酒,我说黎书记,你随意,我干杯。我又一杯接一杯地与阳教授碰了,说老班长,你随意,我干杯。后来,我还是像在平安乡一样醉了,看来是酒都会醉人,不管什么高档酒低档酒,只要喝多了都会醉人。至于那天下午我是怎么回到河边的,我已经没有记忆了。

8

我刚接替盛主任代理政府办主任一职,潘老板就登门给我庆贺来了。盛主任上个星期了断了他的心事,他既没有等待市里提拔他为县处级领导干部,也没有为省城那家大型国有企业优厚的待遇而动心,而是离职脱产去读了那所名牌大学的博士研究生,这就意味着一切从头开始或者从头再来。做出这样一个大胆的决策,我玖和平就是吃了豹子胆也断然不敢。盛主任辞职以后,组织部秦部长找我谈话,宣布我代理县府办主任职务,正式任命还要过一段时间。我跟潘老板说,代理一职,不值祝贺。潘老板我很早就认识了,我在万岗镇当书记时,潘老板去建了两栋"普九"教学楼。工程建到一半,建材价格疯涨,别的乡镇工程纷纷停工,潘老板承建的两栋教学楼却一天也没停歇,并且提前一个月高质量高标准地通过了上级验收。我后来才知道,潘老板建了那两栋楼后,整整亏了八万。过后我对潘老板说,我如果有机会上主席台讲话,逢会必讲你这两栋教学楼。

我说潘老板,你肯定是无事不登三宝殿,有什么事你直说吧。我知道潘老板登门祝贺是个由头,他肯定有别的事情。果然潘老板说,还不是那栋楼。我问哪栋楼,潘老板说就是常委楼。我说你还没开工呀。潘老板说,那个人整天都候在那里,躺在我的机器下面,我怎么开工?

潘老板所说的常委楼,实际上就是一栋县领导的宿舍楼。这栋楼原先只考虑为县委常委们建,建一栋小楼。后来异地交流任职的领导越来越多,而县府大院的宿舍楼早已实行了房改,交流来的干部只能住在招待所里。这就发生了一些问题,一位副县长和招待所的服务员搞上了,服务员怀孕后坚决要把孩子生下来,这位副县长劝说无效后干脆来个"人间蒸发",从河边消失了,这个事件让钟书记和张县长稀里糊涂地背了个处分。基于类似这种问题的考虑,常委楼范围就扩大到四家班子中异地交流来的领导干部。初步方案确定之后拿到四家班子会上去走程序,不是常委的本地领导干部就提出异议,认为既然常委楼的范围都扩大到了交流干部,为什么就不能惠及他们本地干部。政协几位老资格副主席还说了一些难听的话,说随母下堂的仔是亲仔,原配的仔难道是野仔?会议不欢而散。楼未建起,告状信先寄到黎书记那里。最后常委楼变成了四家班子楼,范围从县委县府扩大到人大政协,扩大到四家班子全体成员,一人一套,每套一百六十平米。范围扩大了,常委楼这一名称没有改变。大家都觉得这一名称简洁明了,通俗易懂,叫也舒服,听也顺耳,吉祥如意,仿佛个个都是常委成员一样。本来只是个口语,后来合同书也干脆写上了,就叫作常委楼。常委楼年前已招投标,中标者是潘老板。合同签了,楼房却迟迟没建起来。常委楼是建在"三招"的地皮上,"三招"就是原县府第三招待所。"三招"过去是定点接待单位,所有的公务接待全部安排在"三招"。"三招"不但设施齐全,服务员也是最漂亮的,全部是合同制工人。"三招"拆掉建常委楼后,原工作人员被安置到河边大酒店。"三招"拆迁的那个晚上,所有服务员如丧考妣般哭了一夜。她们知道失去"三招",她们就失去身份,甚至失去一切。她们被安置到的河边大酒店,是个民营企业,她们过去工人的身份就不存在了。另外,河边大酒店是全方位对外开放的,不像以前"三招"那样只搞内部接待,只接待上级领导和重要贵宾。她们过去的那点优越感没有了,不可能像以往那样撒娇撒气了。"三招"拆除是早晚的事情,因为"三招"一直都在亏损营业,负债经营。但是,早不拆晚不拆,偏偏到她们这一拨人就拆了。以前几代服务员老了可以安置到事业单位去,现在她们只能分流到企业,而且是民营企业。这些女孩虽然年龄不大,却个个都有心计,她们往往把自己的前途命运寄托在那些不可靠不现实的男人身上,企图以自己的姿色或者畸形的恋情,博得今后人生的资本。后来几经周折,所有人员都安置好了,就剩下一个人没搞定,这个人是原"三招"的副所长毕银英。毕银英原本是端盘子的,盘子只端了一年就提拔当了副所长。有人私下说,她那副所长职位是她用捏过的卵子垒起来的。毕银英想当河边大酒店的副总经理,河边大酒店卫总不同意,就是卫总同意他老婆也不会同意。再说毕银英这样一个有深厚背景的人,谁人敢跟她扯在一起,躲避都来不及。可是你不安排好她,老领导就会不断地批示,不断地打来电话。老领导不是一个,而是几个,毕银英是他们共同的心病。毕银英见到没有什么结果干脆就拿一只凳子到工地那里去静坐,阻挠常委楼开工。

我对潘老板说,我刚接手这个摊子,你起码得给我一天时间,我需要考虑怎么对付这个女人。对于毕银英这个人我有一定的了解,我当县府秘书时经常陪同领导到"三招"去吃饭唱歌,跟她有过较多的接触。她平常疯疯癫癫的,还有些歇斯底里。有几个年轻的秘书想打服务员的主意,毕银英就警告他们,这里是生产队长的菜园子,谁敢扒一个蒜扯一棵葱,我就砍断他的手。

潘老板走后,我打接待办罗忠一主任的电话。罗忠一问我,你又搞到什么野味了?我说你这个人一天就知道吃,就是不看文件。一想到我当政府办主任的文件还没有下发,还只是代理,就说我到政府办了,请多多支持我的工作。罗忠一哦了一声就说当然,当然,有什么吩咐你尽管说。我问他县城还有哪家酒店可以跟河边大酒店媲美。罗忠一说,寰球大酒店的设施比河边大酒店还要齐全。我说那好,从现在起县委县府所有的接待就改到寰球大酒店去,各单位各部门的接待也转移到寰球去。罗忠一说没有问题,只是单位部门的接待不好协调。我说这个由我负责协调,他们接待时总会要求县四家班子分管领导陪同的,我协调陪同领导的时候顺便协调接待地点。我想,一旦河边大酒店的卫总发现客源断了自然会找到我这里来，而一旦卫总找到我这里来，那么毕银英的职务就会解决了。我已经想好了到时要跟卫总说的话，我要跟他说，卫总啊！毕银英有很多熟客，你要充分利用她的资源，就给她当个副老总吧，你的副老总那么多，再多一个又怎么样？不就是多一张桌子多一只椅子嘛。

我翻开旧号码本，居然找到了毕银英的一个号码，就打了电话过去。电话打通没人接，估计这个号码换了主人。刚挂了电话，这个号码又过来了，我一听是毕银英的声音，音色苍老，但音质没变，请问哪位找我。我说我是玖和平啊，毕银英说，平哥你怎么想起我来了。我说毕妹妹啊，我可是天天都想念你啊，想念当年的那些妹妹们。毕银英在电话里嘤嘤地哭泣起来。我问她，你现在哪里？毕银英停住哭泣，说我现在一片废墟上。我说，你酒店副总经理的文下了没有。毕银英说，卫总从来没有跟我提过这件事。我说是吗？那由我跟他说好了，可是你知道吗？现在是酒店最忙碌的时候，你却离开岗位到工地静坐，别说副老总当不了，恐怕连普通员工的身份都要被炒掉，你回酒店去吧，先干好本职工作，等待任命文件。毕银英顿了一下说，那我再听你一次。我当即给潘老板打电话，我说原定一天时间解决问题，现在半天解决了，而且我已经替你看好了日子和时辰，你明天上午九点开工吧。

9

我仔细观察，发现母亲明显地瘦了。我不懂医，但我清楚这种不明不白的突然消瘦，是一种非常危险的信号。母亲盯着我盯了很久，和平，你是不是瞒着妈的病，妈是不是得了那种病？我说，没有，你就是肾功能不全，韦医师不是跟你说了嘛，没什么大问题的。我说的也是事实，母亲开始是觉得肚子痛，并伴有恶心。住院后首先抽血化验，接着做食道和肠胃造影、胃镜探视，然后又做肝脏、肾脏、妇科等项的

B超，做B超时发现胰腺部位模糊不清，又做CT扫描。经过全面检查后，初步诊断为早期肾衰竭。母亲说，我总感觉肚子很痛，好像有一把刀子在里面慢慢地切割，肾功能不全，就是这样疼痛吗？我说，我也不知道，要不我们转院到省城去做进一步检查吧，那里的设备比这里先进得多了。我趁机再一次提出这个建议。母亲一发病，我就提出直接去省城做检查，母亲坚决不同意。我了解母亲的心思，母亲不是怕花钱，而是怕万一在省城住院后治不好去世了就要火葬。母亲虽然当过乡镇干部，骨子里却传统得近乎不开化，害怕客死他乡，害怕尸骨火化。母亲一听说要去省城，就不再做声了。

表面上我是这样说，这样安慰母亲，其实我心里对这个初步诊断也并不完全相信。我曾私下问过几个退休的老医师，他们也认为肾功能不全和早期肾衰竭，不像母亲所说的那种症状，不可能像母亲说的那样剧痛。母亲有时候常常痛得大汗淋漓，止痛药吃下去没有了作用，注射"曲马多"后才稍微缓解。后来"曲马多"没有作用了，就注射"杜冷丁"，后来"杜冷丁"也不起作用了，再注射"盐酸哌替啶"（吗啡）才有些缓解。难道医院的那台CT机，真的老化了？

母亲轻声哼叫起来，我坐到床沿，抓着母亲的手，问要不要喝水。母亲摇了摇头。我又问，今天吃了止痛药没有？母亲说吃了。我说，那就打一针吧，你忍一下，我马上叫护士过来。我找到值班韦医师，韦医师给我搬来一只凳子，说你坐一下，我马上就叫护士去打针。

韦医师出去一下子就进来了，在我旁边坐下来，他说，我对你妈的胰腺一直怀疑，明天早上我们再做一次CT吧。医院昨天刚进了一台新的机器，德国西门子，螺旋式扫描，挺先进的。我对他说道，我有一种预感，我妈就是那个病，她疼得太难受了，那种疼不是一般病症的疼，要打了吗啡才能止痛。据我了解，只有那种病才会那样的疼痛。韦医师说，我现在也不能下结论，等明天扫描看了片子后才能确定，不过你还是要有思想准备。

母亲打完针后很快平静下来，我把暖瓶里的水倒到脸盆里，端到床前，说妈我给你洗洗脸。母亲点了点头。我将毛巾浸到水里，抄起来拧干，轻轻地擦拭母亲的脸。母亲脸庞瘦削，凸显着她一生的坎坷和苦难。"文革"开始不久，父母亲被下放到一个偏僻的山村劳动，每次运动一来，就接受没完没了的检查。生我的那个夜晚，父亲在生产大队部参加批斗大会，屋子里只有母亲一个人。两个哥哥战战兢兢地躲在房门的背后，不知所措地抱作一团。我生下来后，脐带紧紧地缠绕着我的脖子。孱弱的母亲挣扎着爬起来，硬是一口咬断了那根脐带。正是母亲的那一咬，咬回了我的这条生命。母亲生下了我，同时也捡回了我的性命。半夜里父亲急匆匆地从生产大队部赶回到家里的时候，我已甜甜地睡在母亲的臂弯里。我感到脸孔发痒，这才知道自己在流泪。我强忍泪水，不让母亲知道我在哭。

洗完脸我把母亲扶起来，让她背靠到棉被上。母亲把脚伸下床来，床架太高脚伸不到盆里，我就用毛巾蘸着水，擦拭母亲的脚。母亲的脚又瘦又细，就像两截枯朽的木犁。母亲盯着我，又一次重复那句不知重复了多少遍的话。母亲说，和平，妈耽误你的前程了，要不是为了妈，你现在也跟你哥他们在国外了。

母亲说的没错，大学毕业那年，我考取了美国哥伦比亚大学硕士研究生，本来也要出国的。但是那年秋天，母亲突然大病一场，鼻子不停不断地流血，仿佛要流掉身体里所有的血液才善罢甘休。母亲那场大病，彻底改变了我的命运。我从北京回来探望母亲时，把所有的行李也一起托运回来，最后分配在河边工作。我决定留在母亲的身边，虽然不能天天给母亲煮汤做饭，只要能时常见到母亲就心满意足了。我安慰母亲道，妈，我学的是文科，出国意义不大，我比较适合从政，说不准哪天我就能提拔到县处级呢。我的这些话，仅仅是带有安慰的性质，对我来说，从政才是真正的意义不大。我读书读得太久，起步起得太晚，二十五岁才是科员，三十五岁才到副科，四十五岁还只是正科级。别说梅德韦杰夫像我这样年纪已经是总理了，就是国内一些正部级领导年纪都比我小。我知道，在县级按照我目前级别所处的这个年龄段，基本上不符合提拔的年龄条件，被提拔的几率微乎其微，除非破格使用。以前，提拔干部强调学历；现在，提拔干部强调年龄。但是，我认为我是有希望能够达到县处级的，我相信所有的事情最后都会好起来，如果不够好，说明还没到最后。

第二天一早，护士推来轮椅时，我已经背着母亲从五楼下到了一楼，来到了CT室。韦医师事先已做好安排，母亲一打完碘海醇，就被送进了机房。我在外面通道那里来回踱步，紧张地等候。

这是一次漫长的等候或者判决，我在心里一遍又一遍地祈祷，祈求列祖列宗保佑母亲顺利地通过这一关，我甚至希望这台新机器突然出了故障，母亲腹腔里的器官什么都照不见，什么问题都没有。我突然恨起自己来，恨自己自私，恨自己贪欲，恨自己无情。那次回故乡拜谒祠堂列祖列宗，为什么就不给母亲许个愿呢？自己心里想的居然只是自己的命运和个人的前程，我狠狠地在胸口上捶了自己一拳。母亲终于被从机房里推出来了，我迎上去，轻轻地将母亲从担架上抱下来，一步一步地抱向病房。

阳光透过树梢，斑斑点点地洒在母亲苍白的脸上。我抱歉地对母亲说，妈，我忘了带一把伞，让太阳照着你了。母亲很诗意地说道，晒一晒太阳也好，太阳越来越吝啬了，距离我越来越远了。我心口一阵绞痛，两手紧紧地搂着轻飘飘的母亲，仿佛搂着一团随时都会飘走的云朵。

尽管我已经有了预感，并且有了一定的心理准备，但当韦医师在办公室里将扫描结果告诉我时，我还是天昏地暗地瘫在椅子上。我哆嗦着从裤袋里摸出烟来捏在手里，烟叼到了嘴巴上，又拔了出来。韦医师说，你抽吧，没关系的。我没点上烟，而是问了一句，能顶多久？韦医师说，胰腺癌是最致命的癌，居各种癌症之首，存活时间是最短的，乐观地说，也就是四五个月的时间吧。我又问，还有什么更好的办法？比如手术或者放疗化疗之类。韦医师说，依我看来，阿婶这样的年纪和体质，最好的办法是保守治疗。至于开刀或者放疗化疗，用我们农村的话说,就是捅马蜂窝,不捅还好,捅了更麻烦。我把烟塞回裤袋,两只手像抹布一样反复地抹着自己的脸,抹了很久才走出韦医师的办公室。

回到病房,父亲坐在床沿给母亲喂饭。父母亲同时注视着我,是那种期待检查结果的眼神。我故作一脸轻松道,爸,你来了。又说,妈,检查出来了,还是双肾问题,衰竭的症状比较明显,肾脏严重积水。不过,不是很大的问题。这番话是我在医师办公室那里与韦医师商议达成的"诊断结论"。我还对韦医师反复强调,父亲也不能让他知道,他平常什么话都跟母亲讲,守不住秘密的。韦医师说明白,他会交代护士们保密的。母亲脸上没有什么表情,父亲却是一脸天真,就是嘛,我就说过,你妈福大命大,肯定没什么大问题的。我心里又一阵绞痛,我想今天得尽快把母亲的病情告诉远在国外的两个哥哥,问他们还有什么办法,问问美国或者日本有什么特效药。

10

我一进门就看见客厅里沙发上规规矩矩地坐了两个男孩。一看见这两个男孩,我就知道玖雪雁今天回家了。玖雪雁在周末总会带一些学生到家里来,带他们到家里来,不是单独给他们补课,而是给他们补营养。这些学生一般家庭经济都比较困难,每天在学校饭堂顶多勉强吃个饱,所以一到周末,玖雪雁就轮流把这样的学生带到家里来给他们补充营养。所谓的补充营养,就是给他们吃一餐肉。这些孩子成绩一般都很好,都有希望上清华进北大。也就是说,能到我家里补充营养的学生基本上都是清华北大的料子,就像那些经常出入领导家中的人,一般都是提拔任用的对象。

两个男孩很礼貌地同时站起身来,异口同声地说,叔叔好!我说,你们好!你们坐吧,就进到卧室去。玖雪雁在厨房里忙活,听到声音知道我回来了,背朝着我问了一句,回来了?我说,回来了。玖雪雁又问一句,阿妈情况怎么样?我心想,这个时候这种场合不可能一句话就说得清楚,就说了一句,情况不妙。玖雪雁手拿锅铲,转过身来问,什么意思?我说,你先忙吧,忙完了再跟你讲。我进到卧室,随手将门关上,抬腕看了看手表,推算了一下时间,正是纽约的午夜。我拿起座机话筒,一个数字一个数字地摁下拨号键。终端转换成嘟嘟两声后电话接通了,是我那侄子接的,我说,我是你中国的 Uncle(叔叔),你爸爸在家吗?I would like to speak to him(请他接个电话)。不一会儿,我听到了大洋彼岸大哥的声音,和平吗?我是世平。我一时语塞,说不出话来。大哥在那边急了,说和平你讲话呀,你听到我的声音吗?喂!

大滴大滴的泪水从两腮边滚落下来,我哽咽道,阿妈病了,这病不是一般的病,是那种要命的病,阿妈剩下的时间不多了。大哥在那边安慰道,你控制一下情绪,慢慢地跟我说。我渐渐冷静下来,说了几句之后,终于完整地把母亲的病情跟大哥说了一遍。说到后面,我没有忘记提醒大哥,请他了解一下美国有没有什么特效药。

可能是上了一定的年纪或者深受西方文化影响的因素,大哥对母亲得了绝症居然没有震惊甚至没有什么伤感,这从他的话语里完全可以体现出来。大哥很平静地说,生老病死,属于自然规律,这是人类都要面对的无法逃避的现实,你不要过于悲伤。我认为有必要把病情告诉爸爸和妈妈,尤其是妈妈,要让他们尤其是要让妈妈有充分的思想准备和应对心理。中国人历来有对患者隐瞒病情的陋习,以为这是尊重或者孝敬,这在美国来说,却是对患者的不尊重和侵权行为。你二哥友平那里由我直接告诉他就行了,我忙他也忙,我们都很忙,估计要到最后的时间才能回去,甚至有可能回不去,家里的一切就拜托你了,你多辛苦了。至于你说的特效药,没有。据我了解,美国这些年来在疾病科研方面也没有多大的临床成果。美国除了航天技术比较先进以外,其他领域技术跟中国差不多,美国的核弹头比中国多,银行里的钱却比中国少。

挂上电话后,我忽然产生了怀疑。怀疑电话是不是打错了,我怀疑接电话的人不是我大哥，不是那个在清华大学读书时一年四季都穿着母亲亲手纳制的布鞋的大哥。我神经质地重新搜索一遍去电号码，发现电话确实没拨错，确确实实是大哥在纽约家里的号码。我再回忆一遍大哥的声音，确确实实就是大哥的声音。既然电话没打错，接听人没听错，那么只能是我自己产生了错觉，我的神经出现了问题。

回到客厅，餐桌上已摆满了菜，两个男孩还规规矩矩地坐在沙发那里，厨房里没了玖雪雁的影子，估计是送饭到医院去了。我招呼两个男孩吃饭，他们坐着没动，说等玖老师回来一起吃。我说那好吧，就跟他们聊了起来，在聊天中我得知这两个男孩是从邻县转学过来就读的，家庭比较困难，想报考军校。正聊着玖雪雁开门进来，我们就坐到了餐桌边。

吃完饭后，两个男孩告辞回了学校。玖雪雁对我说，我有件事星期一要去公安局户籍科办理，你跟邱局长打个招呼。我问什么事，玖雪雁说，把这两个孩子的户口落到我们家来。我一听就明白了，河中是某军校优秀生源定点输送学校，户口不在本县的考生可以报考，但不能享受户口所在地的照顾分。公安局现在对户籍的管理比较严，城镇居民的户口现状是不能随意变更的。对于玖雪雁的任何要求，我基本上都尽力给予满足和支持，因为我觉得她做的每一件事情哪怕违规但都有她的道理，比如这两个男孩，就应该扶持和帮助。这两个男孩长得眉清目秀端端正正的，坐有坐姿，吃有吃相，一看就是标准的军人的模样。我当即掏出手机，拨打邱局长的号码。我说，邱局你好！我是玖和平。我现在膝下无子，我收了两个养子，麻烦你通融一下，把他们的户口落到我家来。

邱局长说，玖主任，你怎么膝下无子，你翻你家的户口簿看看，你的干儿子够多了。我问你，平安乡那个周医生也是你的干女儿吧？嗯！你承认不承认，你承认了我就给落下，连那个周医生也给你落下。我紧张地瞄了玖雪雁一眼，邱局你可别听信谣言噢，你落不落随你的便,下次再有棺材抬来,睡进去的不再是我,而是你邱局。我啪地关了手机,对玖雪雁说,你星期一去办就是了。玖雪雁说,其实邱局长的儿子邱晓华就在我那个班。我说既然你有这层关系,还让我欠了人家一份人情。我突然想起了什么,就对玖雪雁说,你把户口簿拿来给我看看。玖雪雁拿来户口簿,我翻开一看,自个儿吓了一大跳,户口簿上填满了名字,家庭成员竟冒出了十几个。我把户口簿递给玖雪雁,这样恐怕不好吧。玖雪雁说这没有什么的,只不过是走个程序,考上大学后他们就迁走了,剩下的还是我们一家四口人。

我进到卧室,玖雪雁也跟着进来,我开口就说,妈得了癌症。啪的一声,玖雪雁手里的户口簿掉到地上,她呆愣地站在那里。我走过去,把户口簿捡起来,翻开页面,眼睛盯着上面的第一页,我说,不久阿妈的名字也要从上面消失了,其实,阿妈还不算老,才七十七岁。玖雪雁扑上来抱住我的肩头,浑身一阵阵地抽搐,接着哇的一声号啕大哭。玖雪雁与母亲始终保持一种特殊的关系,既是婆媳关系,又是母女关系。玖雪雁平常难得顾家,难得照料父母亲,我在饭桌上难免有些微词,可是一张口就给母亲挡了回来。母亲说,做老师的,就是要做出雪雁这种样子来,就要做出雪雁这种成就来,不然就配不上"老师"这个称谓。玖雪雁听了就很自豪地望着我,把头骄傲地倚到母亲的肩上。

晚上是欢送盛主任的宴会,我没有一点喝酒的心情,我只想回到医院回到母亲的身边,多陪她一天是一天,多陪她一夜是一夜,多陪她一次是一次。可是,我是晚宴的主持人不能不去。我把宴席设到河边大酒店,这叫又打又拉,既然你卫总不来找我,那我就找你去。但是,我没有见到卫总,这家伙跑到伦敦去看奥运了,他才不替我操心呢,他操心的是刘翔到底还跨不跨栏。我只见到毕银英,我问她当副老总了没有。毕银英摇了摇头,我说等待,耐心等待,我现在也在等待之中。

包厢里人声鼎沸,人们在高声说话和相互敬酒。烟气酒味混合成一种综合气味,在膨胀在蔓延。盛主任在靠窗的一桌那里被几个人缠着，逼他像新郎一样跟一个女秘书喝交杯酒。正不知如何开脱时，姚德曙过来敬酒。宴席名单上没有姚德曙，不知道这家伙突然从哪里冒出来的。盛主任一手隔开姚德曙的酒杯，我不跟你喝，你这个人很危险的。姚德曙一愣，后退一步，说不喝拉倒，就把杯里的酒朝盛主任的脸上泼去。那酒泼在盛主任的额头上，然后隔着眼镜流淌下来，看上去盛主任仿佛泪流满面。

众人赶忙上去拉开姚德曙，我扯出纸巾去擦拭盛主任脸上的酒渍。盛主任用手挡开，他说姚德曙你这个卵仔学台湾议员会场打架学到大陆酒席来了，你这个卵仔以后要是不进去谁进去。

张县长黑着脸坐在那里，这些人怎么会是这种样子呢？这个宴席怎么喝成这个样子呢？张县长性情温和，很少见他这样动怒过。我过去安慰道，雨过天晴，酒过心静，你不用担心，等下他俩一定和好如初，对付这类突发性事件的应急预案就是撤退，你先走吧。其实，干部有时候就是一群顽皮的孩童，吵过了，打过了，过后还是和好如初，还会一起撒尿打饼，一起捉迷藏玩游戏，他们就是在这样的环境中，在吵吵闹闹之中，百炼成钢，长大成人。我拎起张县长的包，把他送出包厢。

盛主任从那边摇摇晃晃地回来，县长可以走，老九不能走。我说，好，我不走，我留下来陪盛博士，我还没有给盛博士道喜呢。我端起杯子对盛主任说，祝贺！祝贺！盛主任瞄我一眼，祝贺我什么？祝贺我给你腾出了位子？盛主任脸上露着一缕古怪的笑，现在啊！有人一天到晚盯着我们的位子，等着我们的位子，甚至希望我们得了癌症或者被逮进去了好把位子腾出来。我当即回道，盛博士，我现在只是代理你的职务，八字只有一撇。不过，我是真心地感谢你提供给我机会，我也是真心地祝贺你，你是我们县府大院第一个正牌博士。

我是后来才知道，盛主任到学校后体检，竟然发现自己已是肺癌晚期。我们那晚为他摆设的欢送宴席，竟是他跟我们的告别宴席，而我居然对他表示祝贺。

上苍啊！请宽宥我的无知。

11

我正跟张县长汇报近期工作，叶副主任急匆匆地跑进来，报告说刚刚接到县水泥厂电话，料场发生崩塌事故。张县长一听，脸色骤变，忙问什么时候发生的，伤亡情况如何。叶副主任说，事故发生时间是上午九点左右，伤亡情况目前尚未清楚。张县长拎起包就出了办公室，说通知大伙儿按分工立即分头行动，各负其责。张县长一面走一面交代我，我先去现场，你马上通知相关部门立即赶过去，叫厂里的人在门口那里接应带路。

我回到办公室，交代秘书们立即分头给安监、医院、民政、国土、保险、公安等部门领导打电话，叫他们马上组织人员赶赴现场。不久，张县长的秘书小何从现场反馈情况：当天当班人员已经确认清楚，在崩塌面作业人员一共22人，当场死亡10人，重伤7人，轻伤5人，12名伤员正被送往县人民医院，事故原因正在调查之中。此时距离事故发生已有半个多小时，我指示信息秘书按此情况立即上报。

市里调查组很快就到了，对这种安全生产事故的处理，一般都是善后处理与事故调查同步进行。调查组一到，首先要调阅有关安全生产的相关文件，然后找出县府领导分工文件，看看是哪位领导具体负责这一块的工作，追究问责。政府班子分工，向龙秣副县长分管安全生产，安全生产这一块是政府所有工作中风险系数最高、随时随地都会被处分的差事。分工时向龙秣极不愿意分管安全生产这一块，理由是他要协助张县长的工作，手上的事情千头万绪分不开身。分管计生的副县长魏瑞萍说，要说风险大家都有，要不我们可以交换，你来负责我这"一票否决"，我如履薄冰去挑你那一担。向龙秣又提出一个条件，他说好，我把水电站库区移民这一大块也交给你。库区移民这一块也是头疼的事，年年都有移民上访。大伙儿争来论去就激怒了张县长,张县长是很少发火的,但是那天他拍了桌子,他说这是革命工作,是人民群众托付给我们的责任,不是过年杀猪分肉,随你挑肥拣瘦。谁不想干了,就写辞职报告,我另外跟市委要人,反正想住进那栋常委楼的人多的是,要排起队来,可以从县府大门排到红水河边上去。张县长发了火,大伙儿就不敢再争了,还是向龙耒分管安全生产这一块。

安全生产制度在安监局那里,局长梁安全一直对向龙耒有成见,经常下工厂下企业的他提出要一辆越野车,向龙耒始终不答应。梁安全私下就说,哪天你向龙耒拉了稀屎,我梁某人绝不替你擦屁股。我给梁安全打电话,我说梁局长,我准备把政府办一辆越野车调配给你。梁安全正在现场,他说平哥你放心,我有没有车无所谓,但我什么规章制度都有。

前方紧张处理后事,后方我给张县长提出建议,尽快拿出处理措施,拿出我们的态度来,就是说现在上面还没有处理人,我们下面首先要动手。张县长说就是要这样,市里还没处理我们之前,我们先处理我们的人。张县长叫我通知召开班子成员和相关部门领导会议,叫监察局的同志列席。人员到齐,张县长说,今天这个会是检讨会,是民主生活会,是责任追究会,哪个"手指"先讲。张县长说的"手指",指的是班子成员。张县长说政府班子就是一巴掌,就是五个手指。"拇指"是他,"食指"是常务副县长向龙耒,"中指"是分管计生的魏瑞萍,"无名指"是分管城建国土的黄福达,"小指"是无党派副县长唐家旺,还有一个"手指",就是六指,这个多余的"手指",是挂职副县长、扶贫工作队队长王福琨。按照排列顺序,张县长开场后应该是"食指"向龙耒先发言,向龙耒目前在省党校学习,我通知他说开这个会,他说我请不了假,其实他是经常回来的。向龙耒不在,就该"中指"魏瑞萍发言。魏瑞萍是个寸步离不开车子的人,她上街吃米粉洗头发也要司机开车送她去,她的老公游波说,车子就像是她的两条腿,说她就是下肢瘫痪的残疾人,车子成了她的轮椅。魏瑞萍就去买了一只轮椅来,平常在家里就摇着轮椅上卫生间进卧室。眼下她正在为她没有分管安全生产这一块而感到庆幸,魏瑞萍表态,完全同意按照有关制度,追究相关责任人的责任。她说,政府分管副县长向龙末同志要追究,安全生产监督部门领导梁安全同志更要追究。她还没说完,梁安全就插话说,别的事故可以追究我,但这个事故除外。梁安全从包里拿出一份文件出来,他说,我在去年十一月份就给水泥厂下发了停产整顿的通知,并且上报了县政府。梁安全说完,魏瑞萍就不再作声。见到没人再发言,"无名指"黄福达说,卡壳了吧,卡壳了我讲两句。班子成员中黄福达是个讨厌开会讨厌上电视的人,也是县府大院里唯一敢叫张县长做"老张"的人。他经常对张县长说,老张,别开那么多的会,争来吵去没有意思的,不要把社会主义社会的"会",理解成开会的"会",大伙儿团结一致埋头去干就是了。黄福达说,我提醒大家一下,分管安全生产的向龙末同志肯定要处分,但他不是县委管理的干部,要处分也是由上级纪检监察部门来处分,处分的权限不在县里,发言完毕。"六指"王福琨抢先发言,他说,我也提醒大家一下,水泥厂这个事故我们要是不处分几个人,这个坎儿我们就越不过,调查组就不会放过我们。王福琨发言后,"小指"唐家旺发言。政府分工,唐家旺分管民政。这家伙性格热情大方,为人随和,人缘很好,乞丐都可以和他勾肩搭背。他还有一个特点,就是擅长"救场"和"救火",有一次他顶替向龙末到电视台去做征兵讲话,从头到尾讲"我党我军",讲完了就有人发短信给他,请问唐家旺先生,贵党何在?贵军何在?唐家旺这才意识到自己无党无派,意识到讲话也是要顾及身份的。唐家旺说,分管安全生产的向龙末同志是应该处分的,但是他现在脱产学习不在岗位,那就不好处分了,不在位,不谋其政嘛,其他同志都是中共党员,也不好处分,那就处分我吧,我无党无派,赤条条来去无牵挂,再说,政府领导总得处分一个的,不处分就像王福琨同志讲的那样,越不过这个坎儿,请监察局的同志充分考虑我的意见,把我作为处分对象上报市里。魏瑞萍说你又不是分管安全生产的,你逞什么能?唐家旺说,不就是再下一份文件嘛，把分管安全生产这一块摊到我头上就行了，把日期往前挪就是了，我也不是逞什么能，只是为政府承担一个责任而已。魏瑞萍又说，这个事故的善后工作是唐家旺同志负责，前前后后，没日没夜的，死伤家属都很满意，没有发生上访事件，现在要处分他，请问天理何在？良心何在？黄福达说，我们不要争了好不好，我再说一遍，我们现在要追求的责任人，必须是在我们的权限范围之内，至于政府班子成员的责任，应该由哪个同志来承担，那是市委决定的事项，轮不到我们来拍板，你们现在是以吃地沟油的心去操中南海的事，真是的！

我想起前面梁安全说过，他在去年十一月份就给水泥厂下发了停产整顿的通知，并且上报了县政府。如果梁安全说的是事实，那么就要追究到政府办了。政府办接到这份文件后，呈报给向龙秉副县长没有？政府办过后督促检查落实这份文件了没有？然而不管落实与没落实，现在再去寻根问底已经没有任何意义，因为事故已经发生。既然事故已经发生了，那就只能说明一条，说明我们的工作没做好，政府办当然是要承担责任了。我说，处分我吧，我是政府办第一责任人，作为第一责任人，在县安监局上报水泥厂停产整顿通知后，我没有及时做好下情上传、上情下达工作，没有督促检查落实，犯了严重官僚主义的错误，导致了这起事故的发生。魏瑞萍说，老九，如果我没记错的话，去年十一月份你还是万岗镇党委的第一责任人。我说魏县长，有一个事实我是无法回避的，那就是这起事故发生在我代理政府办主任这个时间段，哪怕我只是代理一天，也逃不脱干系。会议最后，决定把我作为这起重大安全生产事故的责任人给予责任追究，会后由县监察局按有关干部纪律处分条例，对我做出处分决定，并及时上报市调查组。走出会议室来，魏瑞萍对我说，你这个"代"字还没去掉，就先背了个黑锅。我淡然一笑，不就是承担个责任嘛。魏瑞萍诡秘一笑，你承担着吧。

12

我来到医院病房,堂妹用一种古怪的眼神看着我,刚才有个自称姓周的女子来看伯母。我一听就明白是谁了,却故意问道,她没说从哪里来吗?堂妹答道,说了,她说她从平安乡来的,出去时说她等一下还回来。我就有些莫名地紧张和兴奋,堂妹狡黠地问我,她怎么叫你覃书记啊?你什么时候姓覃了?她是你的什么人呀?我扬起手来,弯起食指和中指吓着她道,小心我敲了你的头。堂妹在乡下文化站工作,上个星期我把她借调到政府办来搞收发,实际上是利用职权把她调来替我照顾母亲。我狠狠地瞪了堂妹一眼,就你敏感,就你多疑,看今后哪个男人敢娶你这样多疑的女人做老婆。堂妹说,不娶就不娶呗,没有饭会饿死人,没有男人又不会饿死人。我说你还不回家吃饭去,晚上还要守夜。堂妹跟我扮了一个鬼脸就出去了。我转过身来,周小芳站在门口那里,一只手里拎着一袋东西,另一只手扬起来,弯着食指和中指正要敲着房门。

覃书记你好!周小芳打了招呼,听宁非书记讲阿婆病了,我来县里办事就顺路过来看看。周小芳还在叫我覃书记,看来他的四叔包括宁非都没有跟她解释说明,或者已经解释说明了,但那天我所扮演的角色已深深烙印在她的记忆深处,她只记住我叫覃书记,就像很多观众不认识《亮剑》里那个演员李幼斌,只知道他叫李云龙。

我把周小芳引到床前,跟母亲介绍说,这是平安乡卫生院的周小芳医生,是我下乡时住过的东家,她今天专程来看望你老人家。母亲伸出枯瘦的手,拉着周小芳的手道,难得你大老远来看我,给你添累了。

周小芳坐到床沿边上,揉着母亲的手道,我不累,以前我在河中读书时,每周回家都是走路回去的,走到太阳落山的时候就见到站在晒谷坪上的阿妈了。母亲的眼神充满了敬佩,说农家的孩子就是吃得苦,问周小芳道,你肯定还没吃晚饭吧,就交代我说,你带这位周医生去外面吃个饭吧。

出到外面，我把周小芳领进一家小酒店。进到包厢，我马上就跟周小芳说，我不是什么纪委覃书记，我是政府办的玖和平，你四叔没跟你解释吗？周小芳哦了一声，似乎想起了他四叔或者宁非可能跟她解释过，不过她却说道，这有什么关系吗？我关注的是你这个人，又不是你的姓氏和官位。我说，你真的不能再叫我覃书记了，你叫我玖主任吧，或者叫我老九，直接叫我和平叔叔也行。周小芳鼓着腮帮道，不！我就叫你覃书记，我叫顺口了。我警告她道，县纪委真有一个叫覃副书记，你不可以随便叫的。这下周小芳表达得更加坚决，她说，那就更没有顾虑了，人家是副的，你是正的。周小芳凑近我说，放心，我又不当众叫你覃书记，我只当你一个人的面叫你覃书记。服务员在旁边敲桌子催着点菜时，我俩才停止争论。

菜上桌来，周小芳没有动筷子，而是手托两腮盯着我，你瘦多了，眼圈又黑又深，一看就知道你很苦很累。我说，累是办公室的必修课，就像庙里和尚的坐功一样，检验一个办公室主任是否合格，不是看他有多高的水平，而是他的体力行不行。我说我很欣赏一位作家对市长秘书做这样的评价：他拎着市长的皮包，像影子一样跟在市长的身后，罩在耀眼的光环里，然而，如果有一天命运也给你这样一个角色，你首先要想到的是，你的饮食和睡眠的质量过不过硬，因为依赖盐水和药物，你永远当不了市长秘书。周小芳似乎没听进一句话，始终盯着我的脸看。我让她盯得有些不好意思，赶忙给她舀了一碗汤，移到她的面前，我说，你是来看我妈，还是来看我？周小芳搁下汤匙，都看。

后来这只汤匙就搁到了母亲的病情上，周小芳说，我只是一个基层卫生院的医护人员，不是什么名医，也没有什么临床经验，但我看得出阿婆的病情，是那种致命的病了。从阿婆体质来看，采取那些常规的治疗手段阿婆承受不了，而每天这样吃药打针也仅仅是止痛，当然，这种顽症目前全世界都还没有找到有效的治疗办法，但是延长生命的办法不是没有，所以，我建议阿婆服用中药，我可以抓它几服中药给她先吃吃看,吃了有效果就继续吃,要是吃了没有效果,就当作茶喝,对阿婆的身体也没有害处。去年初我们乡府有个干部是患了胰腺癌,从医科大附院回来后就开始吃中药,现在一年多过去了,他还活着,而且活得质量不错,这些天晚上还跟大伙一起打排球。真的吗?我让她说得兴奋起来,我甚至从那位乡干部身上看到了母亲的影子,我说拜托你尽快给我母亲抓它几服中药来。

从小酒店出来,周小芳到卫校招待所去住宿,我提出送她过去。两人在街上并排着走,走了一段就走上一条僻静的小路。我说,我这次平安醉酒闹得沸沸扬扬的,你知道吗?周小芳道,听说一点。我说你知道人们怎么议论我吗?周小芳问都怎么议论了。我说哎呀,反正很难听。周小芳追根问底,我倒要听听怎么个难听。我说,他们讲你陪我在卫生院病房里睡了三天三夜。周小芳切了一声,不过他们说得没错,我的确在病房里陪你三天三夜。她说,你知道卫生院的人是怎么说我的吗?怎么说?他们说我已经怀上你的孩子了,所以拒绝跟任何人谈恋爱。我说,小芳啊!这是一个严重的问题了,我是已婚的人,不在乎这些流言飞语,可你是个未婚姑娘,以后你怎么面对生活,我想你在平安是待不下去了,我给你换个环境吧,把你调到县医院来。

周小芳一惊,调到县医院来,我能行吗?我说怎么不行,我看你的医术跟县医院的那些医师没什么差别。周小芳又表示另外一个担忧,这才是真正的担忧,她说,我调来了,人们不是议论得更加厉害吗,你不怕吗?我坦然道,我不怕!我只是觉得冤枉了点。周小芳懵懵懂懂地,冤枉了,你怎么冤枉了?我没有直接回答,而是说了一句,你不也冤枉着吗?就绕开了这个敏感而且让她为难的话题。我说,你讲实话,你到底想不想调来?周小芳小声说,想。

到了卫校门口,我说我不能再陪你进去了,你自己进招待所去吧。周小芳扭过头来,害怕了是不是?于是我大胆地揽了一下她的腰,她把整个身子靠过来,倚在我的胸前。她仰起脸来,胸脯一阵起伏。我伸出一只手去,在她的脸上亲昵地拍了一拍,进去吧,晚安!

我回到病房,母亲还没入睡,她显然还在等我。我一坐过来,母亲就一脸严肃地问道,这位周医生怎么叫你覃书记,你什么时候成了县纪委覃书记了,你到底是怎么一回事?现在同事之间叫亲爱的,夜总会的小姐把客人叫作老公,还有你天天叫你们县长做老大,那是黑社会的头头。

我苦笑一声道,妈,这个问题一句话讲不清楚,你得听我慢慢地解释。我于是把在周志超家醉酒的来龙去脉和前因后果都跟母亲说了,并着重解释了自己隐瞒身份冒充纪委覃书记的原因。母亲听了却不以为然,脸上表现出一种蔑视的表情。母亲正色道,农民最反感的就是你们干部的这种做派,最痛恨的就是你们干部的花花肠子。你一定要记住,农民的肠子是不拐弯的。我知道母亲对我说这些话的真正含义,我说妈,我记住了。

13

我从张县长那里得知,市委组织部考核组来到河边,拟考核提拔一名分管库区移民工作的副县长。我比别的同志提前九个小时知道这个消息,这九个小时里面是可以做很多工作的。张县长对我说,要以一颗平常心来对待,这次不是冲着你来的,也不是冲着某个人来的,记住,民主推荐之前,不准发短信,不准打电话,不准请客吃饭,这些都是明令禁止的,别做那些偷鸡不成蚀把米的傻事,明白吗?我连忙表态明白,短信我不发,电话我不打,宴席我不请。

换届前出现的这个副县长职位,本来是属于盛主任的。盛主任离职脱产去读博士研究生之前的半个月,市委组织部就已经对他进行了考核,拟提拔为分管库区移民工作的副县长。现在盛主任已病入膏肓,功名利禄对他来说那是真正的一堆粪土。按照常规,空缺的这个职位将在我们六位后备干部中产生。从目前六人的综合实力来看,姚德曙、宁非和我应该名列前三甲。姚德曙口口声声对县处级职位不感兴趣，那是虚张声势、声东击西，其实他白天做梦都想上主席台，竞争场上最可怕的就是这样的对手。宁非年龄有优势，尤其是跟市委黎书记的关系很好，年年清明节都到黎书记家去扫墓。我眼下身处中枢机构，八面玲珑，左右逢源，且曾在库区的万岗镇工作多年，熟悉库区情况，有独特的优势。当然，这些都是想当然的事情，想当然不一定就是当然，何况自己初来乍到，根基未稳，尚未建立起牢固的人脉关系。另外，其他三位后备干部郭意、费景威、廖竟成都有可能成为"黑马"，半道杀出。我明白，在明天召开的推荐会上，推荐票数将是决定成败的关键。推荐票数一旦上不来，或者票数不集中，就是省委书记帮我说话也没有用。

有人敲门，我说请进。清清瘦瘦的蒙主席推门前来。一年四季都穿着唐装的蒙主席是"两栖动物"，在县直机关领导干部中他是作家，在一帮作家中他是领导。文联只有他一个人，他的家庭也是他一个人，年届五十的他至今尚未婚娶，不知是没有遇到合适的对象，还是一直生活在虚拟世界里。县文联原来蜗居在县文化局大院里，办公地点是和县文物馆有争议的两眼旧瓦房。春节前，一场大火把那两眼瓦房烧为灰烬后，蒙主席就"无家可归"了。我代理办公室主任不久，就把蒙主席安排到行政中心大楼来办公，分给他一间宽敞的办公室，让这个寒酸的文人感激涕零。蒙主席一进来就拿出一份经费请示，理由是湖南常德市一个县文联考察团要来河边考察学习，要求拨给六千元接待费。我对蒙主席说，接待的事情我帮你协调接待办来解决，接待经费事项我照样呈报张县长批给你，怎么样？蒙主席先是粲然一笑，然后就流出两行泪水来。文人真经不起侍候，给他一点阳光他就会灿烂，给他一点雨水他就会泛滥。

作家蒙主席一走，就把灵感给了我。我马上拿出电话号码簿，分别给县城的餐馆老板打电话，让他们把拖欠餐费的单位报给我。老板们先问我什么意思，我说意思就是拨钱给你们报销，报销之前我想知道个大概数额，好给你们安排。老板们欣喜若狂，拖欠餐费单位的名单相继报过来,累计竟然有近四十多个,绝大部分是无职无权无收费渠道无非税收入的部门,像党史办、方志办、机要局、保密局、老干局、文联、妇联、侨联、社科联等等。这些部门都是我平时联系不多的党群系统,我心里一阵暗喜,当即给这些部门的一把手打电话,交代他们有什么困难请多多跟政府办沟通,如经费遇到什么困难,请尽快把经费请示报过来。这些部门哪个经费没有困难啊,有些上年拖欠的经费都还没有消化掉。

晚上来到母亲病房,父亲在看电视,他对我说,你早些回去休息吧,明早你还有会议。我问什么会议,父亲说,你装什么糊涂,领导干部大会,我也得到通知了,作为离退休干部代表参加。我说,那你要投我一票了。父亲说,那当然,我当年要不投你妈那一票,哪有今天的你?我靠过去孩子似的搂着父亲的脖子,我说感谢老爸,感谢你当年英明果断的一票,感谢你明天庄严神圣的一票。我突然站起来,我说爸,我想跟你握个手。父亲笑了笑就伸出手来,但没有站起来,这个姿势跟阳教授的那个姿势一模一样。我很不自然地握住了父亲的手,一双暖暖的大手。这是我一生中唯一的一次跟自己的父亲握手,我们就像两位革命同志一样热情或者客气。

早上一进会场,就碰上了文联蒙主席,还没握手,他先冒出一句,玖主任,今天我这一票只投给你。昨天打电话给那些部门的一把手,也都纷纷站起来跟我握手,净是只可意会,不可言传的眼神。下午上班时,大门附近的宣传橱窗那里挤了一帮干部,我知道他们在看什么,橱窗里贴有我的考察公示。根据民主推荐,我作为副县长考核人选进入考核。我来到张县长的办公室,我说老大,大恩不言谢。我对张县长是心存感激的,当初我以为能代理这个政府办主任是理所当然的事情,直到我掌管那本会议记录簿之后,我才明白事情并不是理所当然而是充满了悬念。根据那本政府党组会议记录簿的记载,提名我代理政府办主任的只有一个人,就是张县长,其他副县长都是推荐别人的。这次为了我的票数,张县长费尽心思,连我父亲都被列为离退休干部代表参加投票,可谓是一票必争了。

考核从上班时间一直进行到下班时间,办公室的同志逐个被叫到小会议室去谈话,每谈出来一个人,脸上都挂满了笑容,连称呼也变了,说玖副县长,你看晚上由哪个同志去签单设宴?我说废话,我不是把签单权都给你们了吗?我对办公室的财务管理比较宽松,手里抓的东西不是抓得紧紧的。秘书们加班加点,忙完了手上的活路,我就说你们想喝啤酒就喝去,随便签上哪个名字都行。某个同志家里临时有事,我大手一挥,开那辆"农夫车"回去吧,给你们父母装点孝敬回去。前段办公室分配公务车,县委办、人大办和政协办都争着要轿车,我却报名要了一辆有斗箱的"农夫车"。办公室的同志就说我傻,说我刚从乡下上来不懂机关关情。我说,我傻还是你们傻,你们张开嘴巴照照镜子,哪个牙缝里没有玉米粉末,你们别穿了皮鞋就忘了身份,你们有几个不是从农村来的?你们回家一趟难道空手回去,你们总得给当农民的爹妈买几袋化肥回去吧。再说,你们回家敢开轿车回去?那是公车私用!你们开"农夫车"回去,那是送物资送技术送服务下乡,明白吗?大伙儿一听,顿即豁然开朗。临出办公室时,我问秘书股的同志,这个月有哪个同志生日。康秘书想了一下说,好像是安志伟。我说,你再确定一下告诉我。康秘书回来说,他身份证上写的是这个月的十九号,如果按旧历推算就是今天。不过,小安是借调的,还没有正式调动。我说,借调人员也是办公室的一员,你去叫他过来。

安志伟怯生生地站在我的面前,我想起那天去考核他大家一起吃饭时,突然问了他一句:你平时能喝点酒吗?安志伟回答道,喝不了。乡书记黄庆海就在桌下狠狠地踢了他一脚,还说不能喝,昨晚上刚把我放倒。又补充一句,真笨,都不知道这是玖主任考核你的最后一套题目。我一只手搭在他的肩上,我说,小安,今天是你的生日,晚上办公室的同志一起为你庆贺。安志伟愣在那里没有反应,我问了一句,难道不是今天?安志伟结结巴巴地说,是,是旧历的今天,今天早上六点。我说,那你都生出来十二个小时了,我今天为你高兴。当然,我也为自己高兴,我就要提拔到县处级了,人逢喜事精神爽嘛。

我交代康秘书,招呼大伙儿都到"友缘美味馆"去。康秘书建议道,还是去"上任"或者"连升"吧。我说,不!就去"友缘"。我说你先召集大伙儿过去,我到常委楼工地去看一看,到时把潘老板叫上,晚餐由他埋单。这不属于敲诈行为,常委楼工地上的用电,是我让潘老板直接从大院里接的,如果让他另外架线接电,没有几万块他搞不掂,我们吃潘老板一餐饭,还抵不上那些电损。

潘老板的速度还真快,第一层的框架已经出来了。戴着一顶绿色安全帽的潘老板走过来,问我以后想住几楼,六楼还是八楼?我没有回答,而是指着他的安全帽说,你就不能换别的颜色吗?潘老板把帽子脱下来,看了看道,怎么啦?这颜色挺好嘛,就把帽子递过来,你看看是什么帽子?我接过一看,原来是一只八十年代军用草绿色的钢盔。我把钢盔还给潘老板,双手叉腰往那些框架望去。严格地说,还不能算是望,我的眼睛只是稍微往上抬了一些,因为那些柱子还没有蠚得很高,距离潘老板所说的六楼和八楼还差得很远。望了一下,我就拉着潘老板的手,我们吃饭去,我请客,你埋单。

"友缘"包厢是"友缘酒店"唯一的总统包厢,两个大桌分别坐满了办公室的同志。大伙儿在哈哈大笑,原来是司机李先进在讲笑话。见到我和潘老板进来,大伙儿就停止了笑。我说没听到,请你复述一遍。李先进就讲,清明节有个女同志带着二婚的丈夫去祭扫前夫墓,二夫坐在一边不动,妻子就怪他不懂礼貌。二夫扑通一声就跪下来,一面拜一面说:向先进工作者学习!向先进工作者致敬!叶副主任打断他的话,别说了,这个先进工作者就是你嘛。大伙儿又笑了一阵。叶副主任打着手势说,大家静一静,下面我讲几句话。常言道,有缘千里来相会,今天晚上,我们办公室全体同志欢聚一堂,热烈祝贺玖和平主任即将荣升副县长……叶副主任还没说完,就被我推过一边去。我说,叶主任是撰写讲话稿出身的,往往是能讲的不会写,能写的不会讲,所以刚才叶主任把讲话稿念错了,我来纠正一下。今天晚上我们在这里聚会，为即将调入政府办的安志伟同志庆贺生日，他今天二十六岁了。

祝你生日快乐……悠扬的歌声在包厢里荡漾开来，服务员缓缓地推着餐车进来，餐车上是一个燃烧着蜡烛的大蛋糕。我把安志伟拉到身边，许个愿吧。安志伟站到蛋糕前，闭上眼睛，双手合十，嘴里念念有词，然后嘴巴一鼓，吹灭了蛋糕上那二十六根蜡烛。

接下来就喝开了，能喝酒几乎是办公室同志的基本素质。能喝不仅是自己个人能喝，而是关键时刻还能帮领导喝。大伙儿纷纷朝我围过来，我则把安志伟扯在身边，敬过来的酒，安志伟喝第一杯，我喝第二杯。安志伟说，主任，这好像顺序不对吧。我说，顺序无关紧要，关键是要紧扣主题，主题就是你的生日。安志伟请求我说，我从来没有在超过两个人的场面讲过话，今晚给我一次机会吧。我拍着他的肩膀，你讲吧，今天是你的好日子，讲吉祥的话。

安志伟站到包厢中间，颤着音说道，我是个孤儿，我生下来三个月后，一场急病夺去了我母亲的生命。母亲留在我心中的容颜是她和父亲的那张结婚照，照片上的母亲年轻而端庄。我长到七岁时，父亲在矿井瓦斯爆炸中抛下了我和我的姐姐。这些年来，是左邻右舍把我们姐弟拉扯大，是党和政府把我们送进学校，把我们培养成为大学生，成为国家干部。我知道，这次玖主任去考核我的同时，还考核了另外一名干部。我之所以脱颖而出，是因为我的身世，是玖主任对我这个孤儿的同情，带有照顾成分。我从来不知道什么叫作生日，也从来没有过过生日。也不知道什么叫作蛋糕，以为蛋糕就是饼干。也没见过这么细小的红蜡烛，我所烧过的蜡烛，是每年清明节我跪在父母亲坟头所烧的蜡烛。今天，在我二十六岁的时候，各位领导和同志们为我这个普普通通的干部，为我这个孤儿庆贺生日，这是我一生中最幸福的时刻。刚才我在请求玖主任给我讲话时，我在心里暗暗告诫自己，一定不哭，坚决不哭……话没讲完，安志伟已经抽搐着哭了起来，现场抽噎声一片。

我坐在自己的席位上,泪流满面。趁着大伙儿安慰安志伟,我借上盥洗间的机会溜出包厢回到医院,回到我母亲的身边。

14

我对母亲说,我叫刘叔来给你补粮。母亲说,亏你还是个研究生,那些东西你也相信。我说妈,你别忘了,我的专业是民族宗教,就是研究这些东西的。父亲附和道,补一下也未尝不可,又不损你什么,记得当年那些缺医少药的山村,生病的老人就是靠"补粮"补到八九十岁的。所谓"补粮",顾名思义,就是补充粮食。照迷信说法,就是老人一生中的粮食吃完了,生命走到了尽头,需要子女们给老人补充粮食,以延长他们的寿命。这是一种风俗,在桂西北特别盛行,也是儿女们孝敬父母的一种行为。我和安志伟来到街上,要给母亲买一只坛子,就是用来装米的一种瓦坛。在给母亲做"补粮"仪式时,往这只坛子里装满大米,母亲以后每天吃的稀饭,就用这坛子里的米来煮。我们在一条小巷的店铺里买到一只坛子,又在附近买了几个写有"寿"字的红包,找来剪刀剪下"寿"字,粘上糨糊,贴到坛子上。卖坛子的是一个老伯,他见我买坛子那种急切而欣喜的样子,就感叹道,现在懂得这种坛子意义的晚辈已经不多了,买这种坛子的晚辈就更少了。我递给老伯一根烟,说暂时把坛子存放在他这里,待会儿过来取。老伯说没问题,他知道我要干什么去,我们是要去市场那里偷粮食。

"补粮"仪式有一个至关重要的环节,就是要从家里米缸以外的任何一个地方先偷得一小把大米,在仪式之前放到坛子里,然后才能倒入自家的米。这种行为叫作"偷粮",通俗地说,就是为老人偷得延续生命的源泉。米行外围很多人席地而坐,他们面前摆的是一两小袋大米,一看就知道是村里的群众来卖米。米行内没有他们固定的铺位,他们只能在外围卖。他们一般都是家里缺钱开销了,遇到红白喜事或者家人生病拿不出钱来了,要不然是不会来卖那么一两袋米的。

那米绝对是新米，是最好吃的晚稻，平常吃米就要吃他们卖的这些米。安志伟朝一位老奶奶走过去，一只手伸到那只陈旧的米袋子里去。老奶奶热情地招呼道，买米吗？这可是我家的新米。我扯了扯安志伟的衣服，悄悄地说，我们到别处去吧。走了几步，我说，还是买算了吧，这样偷不好。我们偷了人家的，那人家不就折损了吗？这可是缺德的事情。安志伟说，玖主任你理解错了，此偷非彼偷，我们这种偷是一种借助的行为，不是犯罪行为，再说人家储备那么多，就是折损也就那么一小把，买就不存在任何意义了，你还不如在家里掏一把呢。

我说，不行！那个老奶奶的米，我可不忍心偷。安志伟说，那我们到商贩的铺面去偷吧，他们储备的米很多，何况他们经常短斤少两的，折损了不少人，我们也折损他们一把。两人一前一后有模有样地穿行在米行里，我询问价格，安志伟伸手到米袋里去摸米，装模作样地看米的质量。商贩们哈欠连天打瞌睡，有一帮人挤作一堆在赌钱。问了几处米价，安志伟就扯了扯我的衣服，我们回去吧。

我小声问道，得了？

安志伟说，得了。

走出米行，我问安志伟，你以前不是干"尖柳"（"尖柳"系桂西北方言，即小偷）的吧？安志伟一脸无辜，说我从小到大就偷这一回，我此生没有机会给我母亲偷粮，今天有幸为伯母偷了一把，我这个"尖柳"很自豪也很幸福。从店铺取了坛子回到家里，刘叔已经来到，坐在客厅的沙发上。刘叔以前是个干部，退休后受戒当了道公。他的旁边还坐了一个青年仔，青年仔推了一个锅巴状的头型。我示意安志伟把那只坛子放到靠窗的墙角下，坐到刘叔的旁边，我说刘叔，今天烦劳你了。刘叔说，这是我分内的事，再说你妈早该补粮了。我说你都知道了，刘叔说你爸刚才跟我讲了。刘叔声音降低下来，我刚才给你妈掐了一下命，你妈命里的寿粮去年就吃完了，她老人家是靠积善积德积了阴功才活到今年的。我眼里潮湿起来，鼻子一阵酸堵。我递给"锅巴头"一根烟，问这位小兄弟是？刘叔替他答道，我秘书。我笑道，真是你

|述 职 报 告|

秘书啊?刘叔反问道,奇怪吗?你们当领导的有秘书,我当道公的就不能有秘书了?不过,他目前只是我带的一个研究生。"锅巴头"笨拙地抽着烟,解释道,我是刘叔的徒弟,刚受戒当道公不久。

午饭后玖雪雁收拾餐桌,我布置"补粮"场地。我把搁在客厅正墙毛主席像下面的一只樟木箱子打开,把箱盖向上一翻,露出贴在箱盖背上的一张红纸。红纸上端端正正地竖写着十来行字,中间那一行写着:玖氏历代始高曾祖考妣宗亲神位。这是一只不显山不露水不动声色的神龛,是所有民间家里厅堂的那种神龛。箱子内并不是空的,而是搭了一块木板,木板上摆了三只金色的小香炉,还有一处摆放供品的空位。这只樟木箱子,就是一间小包厢啊!逢年过节列位祖宗莅临家里,就在这个包厢里安静地用餐,接受我的孝敬。机关单位的宿舍是不能公开摆设神龛的,我居然把神龛摆到了一只樟木箱子里。

母亲坐着轮椅,由玖雪雁从卧室里推出来,坐到那只木箱的右边上。母亲坐好后,我和玖雪雁就在她对面的沙发上坐下来。母亲整了整她的衣服,笑了一下道,我说了不要麻烦大家,可是和平说非要做这么一件事不可,我就依他了,我其实也想再活几年。玖雪雁在一边抹起了眼泪,我就悄悄地扯了她一下。"锅巴头"协助刘叔把那只坛子摆到母亲前面,往神龛的香炉里插上香火,摆上供品,再把家里的一袋米放到坛子的一边候着。一切都布置好之后,刘叔坐到神龛前,用一张毛巾盖住他的头,手里捏着两片"耳朵",呢呢喃喃地念起来:

今日召见龙虎,奉请阴阳师傅。本宅着安龛堂,着装香火,礼拜公仆,礼敬先祖。我主一生坎坷,积善积德,恩泽一隅,享誉乡里。本是寿阳百岁,无奈阳粮断尽,身维重疴,于情不忍,于理不合。恩求宗师,应我弟子,保其护佑,补给阳粮,添福增寿。王以民为本,民以食为天。粮为寿之本,生来就定量。富余裕子裔,空缺亦可补。命里有一百,绝不求一千。命里有十两,不能少一钱。弟子在此,急急勒令也。

"叮当"一声,刘叔把两只"耳朵"抛到地板上,两扇耳孔同时朝上敞开,呈现同一种姿态。刘叔说,好了,给寿坛添进米去。

　　我在母亲前面跪下来,虔诚地给母亲叩了一个响头,从裤袋里掏出从米行偷来的那小包大米,倒进了坛子。然后打开米袋子,拿起旁边一只小碗,等候刘叔的吩咐。

　　刘叔说,请长子给母亲添上第一碗米。

　　我跪着替大哥舀出一碗大米倒进坛子里,我说阿妈,这是美国大哥玖世平给你补的粮。母亲弯下腰身,哎了一声。

　　刘叔说,请次子给母亲添上第二碗米。

　　我跪着替二哥舀出一碗大米倒进坛子里,我说阿妈,这是日本二哥玖友平给你补的粮。母亲又弯下腰身,哎了一声。

　　刘叔说,请满仔给母亲添上第三碗米。

　　我重重地给母亲叩了一个头,又叩了一个头,再叩了一个头,仰起脸来,深情地凝视着母亲,我说阿妈,我们兄弟三个祝福你老人家早日康复,祝福你老人家吉祥平安。说着舀了满满的一碗大米,缓缓地倒进坛子里去。我想啊!这一颗颗米粒,就仿佛一滴滴雨水,飘飘洒洒地落在我母亲干枯的心田上。母亲弯下腰身,亲昵地摸了摸我的头,说了一句,我的满仔真孝顺哩。

　　妈妈!玖雪雁扑通一声跪在母亲脚前,朝母亲连叩了三个响头,一张口就泣不成声:四十五年前那个寒冷的冬天,我的亲生父母狠心地把我丢在那条长满野草的小路边,又冻又饿的我在发出最后一声啼哭时,引来了我眼前的妈妈。您把我从路边的野草丛里抱起来,抱回了我们的家,把我当成您的亲生女儿。在那间四面通风的小屋里,您把我与和平同时抱在您的怀里,各自啃您两边的奶头。每一次喂奶,您宁可让和平饿得嗷嗷大哭,也要先把我喂饱。妈妈!我至亲至爱的妈妈!您的大恩大德,女儿无以为报,我唯有深深地祝福您,祝福您长命百岁,祝福您健健康康!玖雪雁接过我手上的碗,从袋子里舀了一碗大米,往坛子里倒进去，阿妈，以后您就天天吃这坛子里的米，吃了坛子里的米，您的病就会好起来，您就会健康起来。母亲粲然一笑，俯下身子伸出一只手来，轻轻地捋着玖雪雁额头垂下的发丝。

刘叔坐回到神龛前，嘴里又念叨一阵后，吩咐"锅巴头"把米袋里的米全都倒进坛子里去，盖上了盖子，将一张事先已画好的符条粘到坛子上，像银行工作人员一样给一只装满钱币的铁箱子打上了封条。我推着轮椅把母亲送入卧室，我在心里一遍又一遍地祈祷，祈祷奇迹的发生。

15

我每次见到张县长头上那六个字，浑身就很不舒服。此刻张县长陷在沙发里抽烟，他的头上是一幅字画，上面赫然几个草体字：既来之则安之。是一位已退下来的老领导题的字，这位老领导经常到河边来走走，吃完饭后就给陪同的县领导题字。说实在话，这位老领导的字的确漂亮，但题写的内容给人不是很舒服的感觉，比如这幅字的内容，我总觉得它表述的场合是在医院里，是探视者给危症病人说得最多的一句话。老领导写了这几个字后，张县长让我拿去装裱，我建议张县长道，算了吧，改天叫他重题一幅。张县长批评我，你这是思路狭窄，领会能力不强，这句话的意思是勇于面对问题，面对困难。张县长性情温和却有些固执，不轻易接受他人的批评意见。见他抽烟抽得很勤，我就劝他道，少抽一点吧，看你抽得脸都快熏成了腊肉。张县长说腊肉有什么不好，你把一块新鲜肉和一块腊肉放在一起，你看看哪块肉首先变质。张县长今天的心情很不好，说话的口气怪怪的，他顿了一下，突然说道，玖和平同志，市委考核组把你拿下来了。

把我拿下来了？

对，把你拿下来了。

就是不提拔我了？

对！不提拔你了。

我的第一个反应是我让人告了，我有什么把柄能让人告呢，我当即查找自己的问题。查找问题通常围绕三个方面来进行：第一，是否走错路；第二，是否放错口袋；第三，是否睡错床。第一个是政治方面，这方面我是绝对没有问题的，我始终立场坚定，旗帜鲜明，听党的话，举党的旗，走党的路，从不听信谣言，散布谣言，别人发来的攻击领导攻击社会的微信我从未转发并及时删除，另外自己从未参加任何非法活动，就连同学聚会都很少参加。第二个是经济方面，这方面我也是没有问题的，吃吃喝喝是有，逢年过节拿别人几条烟几瓶酒是有，年终参加各种座谈会拿几床蚕丝被或者几个微波炉是有。但是，单独从财务那里拿过一分钱或者私下报销一张单据却没有过。这些分寸或者细节我认为我还是把握得比较好的，我知道哪些青菜可以当场吃，哪些青菜要用盐巴浸泡后才能吃。第三个是生活作风，这方面是有一些议论，就是所谓我和周小芳在平安乡卫生院睡了三天三夜，如果是告我和周小芳的关系问题，仅就目前我们两人这点表皮关系，别说调查，就是连了解一下情况都没有必要，我们清白得像一张白纸。

当然，我承认我自己也不是一个完人，私下有一些人议论我有斗酒、打架、赌球的行为。这些议论都是一些餐馆老板通过各种渠道搜集上来后，再反馈到我这里。斗酒行为确实有，平常对一些"好战"的客人，我总喜欢跟他们"单挑"，特别是桌上那些总是揪着张县长不放的客人，我是一定要把他们整得酩酊大醉才善罢甘休。真正打架是有一次，那时"三招"还没拆迁建常委楼，我在那里接待一个检查验收组时，一位客人从舞厅追一名女服务员出来，在通道那里撞上我。我一把将他拦住，帮助那位女服务员逃脱。我没想到那家伙是练过的，他倏地转身一个后摆腿扫了过来，我脸上重重地挨了一脚。这一脚让我酒醒过来，如果我就此收住也就没什么事了，但是酒醒了的我却起了斗志，我一个低偏腿踢了出去，重重地把那家伙撂倒在通道那里。后来这事反映到县纪委,检讨时我只字不提那家伙追逐女服务员,而是把所有责任揽过来。至于那次赌球,我是糊里糊涂地被兄弟们算计的。邻县有个乒乓球队来比赛,兄弟们就邀上拿长胶球拍的我作为"秘密武器"出战,结果那场球我们赢了,我一人独拿两分。后来我才知道那场球是一场赌博,双方各押上十万赌注,从此我再也不跟那些乒乓兄弟打球了。

张县长说这些都是猴年马月的陈年旧事了,哪里还会记在你的档案上。我说陈年旧事不等于没事,你看那些落马的官员,翻出来的还不都是旧账,那些人都到人大政协甚至退休安全着陆了,还不是都一样抓了。张县长说,你被拿下来的原因是你刚刚被处分。

处分?处什么分?

你不知道?

我真的不知道。

我至今没有收到任何处分的通知文件,也没有任何组织找我谈话告诉我被处分了。张县长说,开会那天你不是主动承担责任,请求纪检监察机关追究你的过错吗?而且建议及时开会追究责任人的是你。所以,鉴于你在县水泥厂料场崩塌事故中的严重失职,县监察局给予你行政记过处分一次。根据干部任用条例的有关规定,凡是被给予党纪和政纪处分者在处分期间是不能提拔任用的。

我说,那只是为了应付调查组而采取的特殊办法嘛。张县长说,那是你个人的想法,我对待调查组的态度是认真的,从来没有应付或者敷衍了事。这样的话你不要轻易说出口,要想好了再说。

我还是不服气,我说,这算什么事啊!我根本就没有任何责任嘛。张县长说,没有责任为什么要给予你记过处分?难道组织处分一个干部是随意的吗?你不要说出这种幼稚的话来。我说,那纯属是我主动承担责任,替人受过,属于见义勇为。张县长说,见义勇为是要付出代价的,有的人伤残,有的人牺牲了生命。你没有伤残,没有牺牲生命,但你牺牲了自己的官位。我说我怎么没想到呢,我那天主动提出要求组织处分我的时候，怎么没想到这个问题呢？张县长说我也没想到，不过我们现在讲什么都没有用了，我是根据考核组的意见，代表组织跟你谈话的。我说，老大你放心吧，刘叔经常跟我说，官配命，命配位，不属于自己的东西我不幻想，我不会有思想包袱的。张县长问，刘叔是哪个上级领导。我说他是一个道公。

16

　　我突然看见姚德曙出现在医院病房门口，急忙迎上去跟他握手。我被考核组拿下来之后，推荐票数排名第五的姚德曙就顶上去进行考核，现在已走完程序当上副县长了。我说，德曙，啊不！姚副县长，你怎么来了？姚德曙有些责怪道，你妈病了也不跟我说一声，如果今天不来这里看个病人，我根本就不知道。姚德曙在县直机关是个老资格，他连续当了两届扶贫办主任，酒桌上有人斗胆问姚德曙，据说你是市委黎书记的函授同学。姚德曙毫不回避道，你们可以去跟黎书记核实嘛。自然没有哪个敢去核实。这次姚德曙能够越过推荐票数比他高的宁非、郭意、廖竟成他们三个脱颖而出，当上分管移民工作的副县长，有人说是黎书记起的作用，而牵线搭桥者是阳教授。当然，这些都是谣传。

　　姚德曙来到病床前，我赶忙介绍道，妈，这是姚副县长，他看你来了。母亲斜躺在那里说，德曙啊！你看你都当县长了，我家和平还在等待呢。姚德曙说，和平也快提了。我在心里说，我要是不自告奋勇承担那个处分，这个副县长就是我的了。姚德曙说，阿姨，您气色不错，我问过邓院长了，您的病不要紧的。刚才我跟邓院长讲了，等下给您换个病房，方便治疗一些。母亲谢道，德曙县长，给你添麻烦了。姚德曙说，一点都不麻烦，医院这一块现在归我分管。

　　父亲上来握着姚德曙的手道，惊动县长大驾，实在不好意思。我介绍道，这是我爸。姚德曙打量着父亲道，玖老，您了不起啊！您这个家庭了不起啊！名门望族，一家出这么多优秀人才，和平他们三个兄弟都毕业于重点大学，听说您在美国和日本的两个孙子上的也是世界名牌大学。

父亲还抓着姚德曙的手，父亲说，启禀县长，那两个"杂种"一个在 Cornell University，一个在早稻田大学。姚德曙好像没听清楚，他问父亲，前面那所是什么大学？父亲说，就是康奈尔大学。姚德曙叹道，都是名校啊！父亲问姚德曙，你儿子读哪所大学？姚德曙说，我有一个女儿，读北京师范大学。父亲说，北京师范大学也是重点大学嘛。姚德曙说，是省城分校。父亲说，分校也不错啊！姚德曙低声补充一句，是自费的。姚德曙感叹道，时代不同了，过去考不上大学，可以先去当兵，复员后就当干部，也可以去当村干部等待招干，就像我一样。还可以先做代课教师或民办教师，以后再转公办教师或者享受同工同酬待遇，有职有权的可以走后门直接当干部当工人。现在形势变化了，过去那一套行不通了，现在首先得考上大学，考上一般的大学还不行，还得考上重点大学名牌大学，这样才有就业的希望。

父亲接过话道，其实，孩子们读书不一定都要出国，不一定都要上名牌大学，只要他学到真本领就行了。毛主席当年就没留过洋也没读过大学，中国很多大学校名还不都是他老人家题写的。姚德曙摇头道，玖老啊！我们能跟毛主席比吗？天上只有一个太阳，水中只有一个月亮，世界只有一个中国，中国只有一个毛泽东。我心里面说，你姚德曙不是也没读过大学吗，现在不照样当副县长。姚德曙和我是河边高中的校友，他比我高两届，高考落榜后又到我那个班来复读，我读大三时，姚德曙还在河边高中复读，他一连复读了五次，最后他一所大学也没考上。不过，姚德曙现在个人档案上的学历却是大学学历，在职研究生。姚德曙现在级别比我高，年龄比我小，都有可能更上一层楼。只是他改了年龄以后，如果没有什么意外，他要干到六十九岁才能退休，不过那时新的退休年龄规定可能已经出台了。

护士推轮椅进来，邓院长俯下身子对母亲道，阿姨，我们现在搬到楼下特护病房去。母亲一下子警觉起来，眼睛紧盯着我。姚德曙眼尖，赶忙上去解释道，阿姨，搬到特护病房，第一是方便治疗，也就是给你一个特殊照顾，你是退休干部，完全拥有这个特权。第二是方便和平的工作，他事情很多，晚上他在这里陪你，我和张县长来找他商量工作也方便。母亲听了，顺从地坐上了轮椅。

所谓的特护病房，实际上就是医院为县领导专门开设的特殊病房。以前县领导生病了，就到县医院来治疗，这些年情况有了变化，县领导住院治病基本上都直接到省城去了。所患病症也不仅仅是某些腰肌劳损之类，一旦感觉不好基本上都是绝症晚期，基本情形就是站着进去，躺着出来了。因为他们一般都不会主动去医院检查身体，就像不会主动去投案自首一样。有一年县里根据市里的统一要求，组织四家班子领导到医院来做全面体格检查。结果只有人大和政协几个副职来，其他领导都以工作太忙为由没有来检查。他们不是工作太忙，而是担心查出某种病来。用姚德曙的话说，这年头哪个没有病，大病没有，小病肯定是有的。姚德曙他自己诊断自己说，他身上至少有8种病：颈椎骨质增生、腰椎间盘突出、窦性心律不齐、前列腺肥大、血脂高、血黏度高、血糖高、酒精肝等，他说现在很多干部实际上都是带病上岗。这些特护病房，现今只是领导们颈椎痛了吊个瓶颈腰椎疼了牵个引的场所。

这间特护病房，乍看起来就像宾馆的客房。里面有一间治疗室，一个卫生间，还有一间小厨房，外面是一间会客厅，摆有沙发和茶几，装有闭路电视。邓院长显然已经做好一切安排，母亲被推进来时，病房里的一切已经布置妥当，医生和护士已经在治疗室里等候着。姚德曙招呼大伙儿在会客厅那里坐了，对邓院长反复叮嘱道，玖主任母亲的病，请医院多费些心思。姚德曙显然已经知道我母亲的病情，话说得很到位，也很含蓄，恰如其分。姚德曙最后简单交代几句后，就走进里间与父母亲告别。出到门外，姚德曙对我说，老九，谢谢你啊！我说，谢我什么？姚德曙说，谢谢你给了我机会。我说你是谢我犯了错误，受到了处分,是吧?姚德曙说,老九,你怎么能这样认为呢?我虽然没读过正规大学,但我的智商也没低到这种程度。姚德曙的智商的确不低,他采用到医院来看望我母亲、利用职权给予我母亲优厚待遇这样一个绝妙手段来化解我和他之间的芥蒂,不能不让我感佩,凭这一点,就足以说明人家的素质比我高,就应该提拔任用。

母亲是住下来了,但她的另一种不安又表现了出来,她对我说,和平,这样一来你又要欠别人的人情了,这辈子恐怕你还都还不清的,人情历来就是一纸契约啊!我安慰母亲道,别想那么多,这个世界上谁不欠谁的人情啊!我毫不客气地说,姚副县长现在就欠着我的人情。母亲不知真相地责怪道,你怎么能这样说话呢?明明是你欠人家的嘛。父亲似乎闻出了什么味道,他说,和平,实话跟你说,那天我作为老干部代表去投票,我不仅投了你的票,还投了姚德曙的票。大伙儿都一排人坐在那里,你盯着我,我盯着你的,我哪好意思只写我儿子一个人的名字。我端详着天真的父亲,父亲以为是我的票数少了上不来。我没告诉父亲这次我提拔不了的真正原因。

17

我接连收到六个老领导转来关于毕银英反映级别问题的信件,要求我及时解决。截至目前,常委楼已经开工了,但毕银英的副总经理职位还没有落实。自从交代接待办主任罗忠一停止在河边大酒店安排公务接待后,卫总并没有像我预想的那样因为客源断了而主动找上门来。我不得不主动给卫总打了两次电话,要求他尽快任命毕银英为副总经理,我说这是上级领导的指示。卫总开始是拖,理由是毕银英总是唆使员工给他提出各种各样的意见,说这样的副老总我怎么能跟她配合搞好工作。我就教育卫总,我说西方国家都有一个甚至几个反对党,你一个企业有一两个持不同意见的人又能怎么样?你也太没有胸怀了。第二次打电话时,卫总就干脆提出了条件,要求我在河边大酒店恢复成立县委县府招待所,实行一套人马两块牌子,人还是目前这帮人,但要悬挂河边大酒店和河边县委县府招待所两块门牌,还要求我把县接待办搬到他那里挂牌上班。我明白,卫总这招是为了垄断所有的公务接待业务。其实,在卫总那里成立招待所一事,倒是可以考虑的。但是,我还是没有答应,因为成立了一个招待所,就会有第二第三个招待所要求成立,何况这些招待所以前都有过,又都取消了,现在为什么又恢复成立呢?当然,在河边大酒店恢复成立县委县府招待所,其他宾馆也不可能有意见,因为修建常委楼后,是河边大酒店接纳安置了原第三招待所所有的员工。可是,恢复成立县委县府招待所这样重大的事情,不是我玖和平一个人所能定调拍板。卫总说,玖主任,只要你下文成立招待所,我立马就任命毕银英当副总经理和招待所副所长。我说卫总,你先任命了毕银英,我才考虑这个问题。后来这个问题就像一只皮球一样,在我们两人之间踢来踢去。

卫总还是找到我办公室来了,我问候卫总,我说你的气色很好嘛。卫总说,你也一样,满面红光,神采奕奕。我问他最近酒店生意如何?卫总说,都让你制裁了,还能好到哪里去?我说你别误会,我哪里有那么大的权力和影响力。卫总说得了吧,你的一招一式我清楚得很。我于是就建议他道,毕银英有很多熟客,你要充分利用她的资源,给她当个副老总吧。你的副老总那么多,再多一个又怎么样?卫总说,玖主任,你答应我一件事,我回去马上就任命她。

卫总转身把门反锁上,我说什么事搞得神神秘秘的。卫总没有回答,直接来到我跟前,从那只硕大的皮包里掏出一个档案袋,然后拉开我办公桌下面的一个抽屉,将档案袋塞了进去。抽屉还没推进去,我已经把那个档案袋拿出来了。档案袋拿在手里沉甸甸的。

什么东西?两条烟?

开玩笑!烟有这么重的?

我从卫总手里拿过皮包,把那个档案袋放进去,我说甭搞这种事,有什么事你就讲,能帮上忙的我一定帮。卫总直截了当地说,我想收购县水泥厂。原来这家伙在打县水泥厂的主意。一提到县水泥厂，我的心脏就一阵绞痛，我是因为水泥厂料场崩塌事故主动被处分的。因为这个主动的处分，我把唾手可得的副县长职位拱手送给了姚德曙。县水泥厂料场崩塌事故善后工作一结束，张县长就指示我组织相关部门对水泥厂进行评估，准备拍卖。县里已经决定，把拍卖所得的钱用来偿还国家开发银行那笔贷款。两年前，国家开发银行贷款五千万元扶持河边一个发展蔗糖生产的项目，建一个糖厂，种几万亩甘蔗，以增加河边的地方财政收入。但是，后来项目实施时，贷款用途被改变了，建的不是糖厂，而是县水泥厂。张县长一再交代我，评估工作要做细，争取多拍得一些钱，多还一些债，否则我们就对不起国家开发银行，对不起上级部门对河边的扶持。我心里明白，水泥厂拍卖所得的钱，哪能还得起国家开发银行那笔贷款，恐怕连利息都不够。

我说卫总，你不搞餐饮转来搞水泥了。卫总说，房地产我也搞。我说，那你到时就去竞拍呀。卫总说，你得给我透一点底子。我说，我哪里知道，真的，我的确一点都不知道底子。卫总觑了我一眼，拎着皮包悻悻地走了。这家伙以为我一个办公室代主任可以一手遮天，恣意妄为。恢复成立县委县府招待所和水泥厂拍卖这些重大的事情，不是我一个人可以操作的。卫总一走，我突然想起一个问题来：为什么这次国家开发银行陈行长来，不去视察他们扶持的项目，而只去看了他们援建的一所希望小学。我隐隐约约地感觉到，县水泥厂的事并没有了结，不是把它拍卖完了就完了。我是替人受过处分了，怕是有关部门不会就此罢手。我隐约感到，一场暴雨即将来临。河边的确是应该下一场雨了，因为眼下正值春播的季节。

18

我在门铃响了三声之后趿着拖鞋去开门，门外站着一名身着立领装的中年男子。"立领"问我，你就是玖和平吧。我说本人就是，请问你是？"立领"从上衣口袋掏出一个小本子，由两只手指捏着亮在我的眼前，自我介绍道，我是南铁检察院反贪局的，有个情况要跟你了解一下，你跟我走一趟吧。我站在原地不动，问了一句，有什么事吗？"立领"说，你跟我去就知道了。

我转过身来，在鞋柜那里换上皮鞋。换上皮鞋后我问道，要不要带行李？我问的是时下一句流行语。时下很多人突然被叫去开会甚至突然被请去吃饭，都会情不自禁地这样问道。"立领"回答，不用带的。我顿时轻松起来。我顺手带上门的时候，看见玖雪雁像雕塑一样伫立在客厅那里，我很自然地朝她笑了笑道，听见没有，不用带行李的。

楼下停着一辆挂外地车牌的轿车，我和"立领"坐进去后，车子直接开到河边大酒店。在一个标准间的客房里，另外坐了两个人，他们招呼我坐下后，就开始了问话。整个过程，主要是"立领"和我之间的一问一答。

你知道国家开发银行那笔蔗糖贷款吗？

知道。

你知道这笔贷款的用途吗？

知道。

用在什么项目上了？

用来建一个水泥厂了。

谁是项目负责人？

不清楚。

针对项目的融资，县里专题开会研究过没有？

研究过。

有会议纪要吗？

有。

可以提供给我们吗？

我说今天是星期日，负责管理文件的秘书不上班，我得找到他们之后才能拿到文件。我现在就可以去找，尽快送给你们。"立领"说，好吧,请你尽快提供给我们。我问就这个事吗?"立领"说就这个事。我走出客房,来到电梯那里,一看显示在一层,我所在的楼层是八层。我不再等候,沿着楼梯一路狂奔下来,直奔大门而去。大门那里正好停一辆"三马仔",我一屁股坐上去,大手一挥:县府大院。

进到办公室,我砰的一声将门关上,摁下电脑开关,插上空调电源。电脑还没显示,空调机已经飕飕地冒出冷气。我拉过椅子,坐到了电脑桌前。我不是找文件,而是炮制文件。"立领"所说的有关会议纪要,根本就没有这样一份文件。也就是说,班子根本就没有开过把种甘蔗建糖厂的钱用来建水泥厂的专题会议。不久前,县纪委曾经找我要过这样一份文件,我当时就没有找出来。没有会议就不可能有文件,没有文件,我就得炮制文件。我心里明白,这份会议纪要对张县长和姚德曙关系重大。有没有会议纪要,其性质和结果都不一样。有会议纪要那是集体行为,没有会议纪要,那是个人或者极少数人的行为。

我很快调出当年的一份会议纪要,首先在会议纪要的最后一项内容上,加进去关于建设县水泥厂的一个议题。原来的这份会议纪要是五个议题,现在变成了六个议题。接着在纪要的最后一段,补上建水泥厂的必要性和借用国家开发银行那笔贷款的理由,以及与会人员的一致意见。不到二十分钟,这份纪要就炮制出来了。我从抽屉里拿出备用公章的时候,打印机已经自动把几个页码的文件打了出来。

张县长见我就问,有事?我说,检察院来调查国家开发银行那笔账了。张县长脸一沉,神色凝重起来。我把检察院跟我所了解的情况,跟张县长做了详细的汇报,我实际上是把"立领"和我的一问一答,重新给张县长复述了一遍。张县长是个小心谨慎的人,凡事都要上会来定,凡事都要经过班子通过。但是,在处理国家开发银行那笔贷款的问题上,就不那么谨慎不那么民主了。五千万元的贷款项目,可不是个小项目,追究起责任来那可不是一般的责任。据我所知,当初把这笔贷款用来建水泥厂就是张县长和姚德曙两人直接定下来的,姚德曙当时还是扶贫办主任。当然,张县长也有他的难处,县水泥厂这个项目是黎书记牵线搭桥拿过来的。项目是过来了,但资金却没跟过来,姚德曙就建议张县长把国家开发银行那笔贷款用上,由扶贫办组织实施,张县长就同意了。

我把纪要文件递给张县长,针对这份纪要的必要性,我坦诚地谈了自己的观点和看法。我说,有了这份纪要,你作为法人的第一责任可以得到解脱。责任是肯定要负的,但是由集体来负,由整个班子来负,不就是擅自变更贷款项目吗?大不了就是个检讨,问题是我觉得这件事不会这么简单,国家开发银行陈行长这次来,为什么不过问项目实施情况,而只看了他们援建的教学楼,一栋教学楼难道比一个五千万的项目还重要吗?这说明检察院机关肯定已经掌握了项目实施中的其他问题,或者初步查出了某个具体负责人的某些问题,现在已经开始顺藤摸瓜深层次调查了。我说,陈行长这次来河边,没有了解项目的实施情况是不想惊动我们,甚至是迷惑我们,而一旦查出其他问题来,你可能要负另外一种责任了。当然,这只是我个人的分析,我可能太敏感了。张县长默默地听着,他启开一只烟盒,发现里面已经没有了烟。我见状就从裤袋里摸出一包来,弹出一根递给他,并帮他点燃了火。我犹豫了一下,自己也点燃了一根。张县长舒坦地把头靠到椅背上,他说你放心,有一点我是可以拍得胸口的,那就是整个项目的钱我没有往自己的口袋里装过一分。一截长长的烟灰落到我的裤子上,我猛地一弹,那烟灰立即像一滴水一样溅到地上。我似乎所要等待的就是这么一句话,我说,老大,如果你没有什么意见,我就把这份纪要送给调查组了。张县长说,好。

回到家里,我突然看见母亲,妈!我来不及换鞋就奔过去。母亲在玖雪雁的搀扶下吃力地站起来,从头到脚把我细细地打量了一番,似乎在确认眼前的人是不是她的儿子。母亲问,和平,你没什么事吧?我说,我没什么事呀,你怎么回家了?母亲说,雪雁跑到医院,告诉我你被检察院的人带走了,妈差点头撞墙了。我瞪了玖雪雁一眼道,你这是小题大做，谎报军情，人家只是叫我去核实一些情况，我又没有什么问题，你不是都听见了吗，不用带行李的，看你让妈惊成这个样子。母亲说，没事就好，没事就好，雪雁也是为你担忧的。母亲捉住我的手，一遍又一遍摩挲着，和平，记住妈一句话，人人都会生病，生病不丢脸，坐牢才丢脸，你没事就好了，没事妈就放心了。我说妈，我没事的，你赶紧回医院去打针吧。

父亲从里间出来，手里拿着一个用报纸包着的东西，坐到我的旁边。父亲把那包东西搁到茶几上，一层一层地摊开，露出了几十个信封。父亲指着信封说，和平，这些都是你的朋友和同事到医院看望你妈给的钱，我想了想，这些钱还是退给人家好，我不想欠别人太多的人情。我看了看那些信封，一下子为难起来，我说，这些信封都没写名字，你怎么知道退给哪个？父亲说这好办，就从信封堆里翻出一个小本本来，说我都记在里面了，而且每个信封都编了号。我想了一下说，不行，这样会伤害兄弟朋友的心，送礼的人最怕的就是被人家退礼。母亲说和平，这钱我们真的不能要，妈的病妈自己有钱治，一看这些信封，妈整天就为你提心吊胆。父亲重新把那些信封包好说，你忙，这事就交给我来处理吧。我认为那些封包不过是人之常情，自己这些年来也没少给他人送过，张县长母亲去世时我封的封包是五百元，后来一打听，自己那个封包竟然是数额最小的。父母亲今天一定是让那个登门的检察官吓着了，经历过无数次运动的父母亲，一生都是战战兢兢，如履薄冰。

19

我隐约感觉到姚德曙有些魂不守舍，姚德曙说，平哥，你到我办公室来一下。姚德曙更改年龄后变成了我的弟弟。我发现姚德曙一脸灰暗，就问昨夜是不是喝多了。姚德曙说我最近老做噩梦，晚上吃了几次安眠药都无法入睡，估计是给鬼魂缠上了。姚德曙说，平哥，你帮我请刘叔来，给我过一次"油锅"。我很想把检察院调查贷款的事跟姚德曙说一说，顺便给他提个醒，报个信，无论是部下还是朋友，我都希望姚德曙平平安安。但是我清楚地意识到，这个事情是不能泄露的，另外我该怎么给姚德曙提醒，提什么样的醒，自己该如何开这个口，开到怎样程度的口，甚至该不该开这个口，我都要好好地思量和掂量，于是我就终止了这个想法。那么我能无拘无束地做的也只能是帮帮姚德曙过一过"油锅"之类的事了。我说好吧，今天下午我把刘叔叫来，我们把这个"油锅"过了。我没有告诉姚德曙，刘叔现在就在县城做法事。

我找到刘叔说，你跟我到姚副县长家去，给他过个"油锅"。刘叔问哪个姚副县长。我说，就是当年镇里的那个姚镇长。刘叔说哦，原来是他，那年夏粮入库，他带工作队牵走我们村六头牛，我去说情还挨他训了一通。这家伙遇到什么血腥的事了，或者又牵别人的牛挨人家揍了。我严肃地说道，过去的事就过去了，现在什么年代了，哪里还去牵牛，农业税都取消了。我就把姚副县长睡不着觉的事跟刘叔说了。刘叔说，如果仅仅是睡觉的事，这"油锅"容易过，怕是还有其他麻烦的事，那我就不敢保证了。我说，你架了锅头再讲吧。

我给姚德曙打了电话后，就带刘叔上他家去。姚德曙和我同个宿舍区，相隔两栋楼。姚德曙的爱人也是个教师，几年前调到省城去了，宿舍通常只是他一个人的世界。当然也不是他一个人的世界，我知道有个叫覃建早的女老师就经常出入他的宿舍。开始每次来，保安就要她登记，这种登记手续比较烦琐，除了要在登记簿上按照身份证如实填写真实姓名外，还要注明你找的人是谁，要找的人跟你是什么关系。碰上较劲的保安，他还要亲自跟你所填写的联系人通话，核实情况是否属实。姚德曙了解这个情况后，厚着脸皮找到我给这位叫覃建早的女老师办理了一张县府大院出入证，说这位覃老师经常去省城，老婆通过她给他带来一些东西。姚德曙说的是事实，这位覃老师就经常去省城找他老婆玩儿，用玖雪雁的话说，真是战斗到敌人的心脏里了。半路上刘叔提醒我道，姚副县长的"油锅"仪式，需要一只铁锅、一斤桐油、一条草鱼。我说，你怎么现在才想起这些关键的环节来。刘叔拍了拍脑袋道，人老了，脑子不管用了。我说，所以你得加紧培养接班人，当即吩咐安志伟开车到市场去购买。

到了顶层姚德曙的宿舍后，筹备工作随即展开。"锅巴头"在客厅茶几上摆开笔墨涂写画符。一切工作准备得差不多了，却遇到一个意想不到的问题：姚德曙的宿舍没有神龛。

我想了一下建议道，要不我们找一个偏僻的十字路口去做吧，我见有些人就在十字路口那里过"油锅"呢。刘叔说，十字路口当然也可以过，不过那是在万不得已的情况下没有办法的办法，没有效果宁可不做。忙着画符条的"锅巴头"说，在县府大门那里可以做的，你们看看吧，党委、人大、政府、政协、纪委那五块牌子齐齐整整地挂在那里，不就是列位祖宗的牌位吗？整个大门就是一个大神龛嘛。我呼出一大口气来，你这个道界系统的研究生，胆子也真够大了，胆敢在县府大门做法事。姚德曙说了一句，光天化日的，开什么玩笑，就默默地不作声了。刘叔侧过身去说，姚县长，我是干这一行的，实话跟你说，迷信这种事可信可不信，既然你家里没有神龛，我看就那算了吧。姚德曙倏地站起身来，斩钉截铁地说，不行，这"油锅"无论如何得过，走，我们到另外一个地方去过。

我打安志伟的手机，问东西都落实没有。安志伟说差不多了，我说你回来后就在楼下等我们。几个人来到楼下，安志伟正好拎着大包小包东西回来。待把所有的祭品都装到车子尾箱后，姚德曙跟安志伟拿过钥匙，说还是我来开吧。姚德曙不是临时当起司机，而是要带路。我把刘叔推上副驾驶位去，说县长平常就坐这个位置，你今天当一回县长。

姚德曙把车子开出大院宿舍区，驶出城区不久就来到"丽水山庄"。这是一处被人们称为河边的"富人区"的地方，由浙江温州的一个老板来开发。整个山庄的设计风格富有江南水乡的韵味，所有的住房全部按别墅来规划,统一建筑标准,统一设计风格。当年开始开发这个小区时,玖雪雁曾提出要来这里买下一块地皮。当然也仅仅是买下一块地皮,因为建起一栋别墅,我和玖雪雁没这个实力。来到大门岗亭,保安一见姚德曙就敬礼放行。进入小区,但见绿树成荫,草坪如毯。此时正是午休时间,小区里几乎没有什么人影。姚德曙左拐右拐,就把车子停在了一栋两层楼的豪宅前面。安志伟第一个跳下车来,给刘叔打开车门,然后就打开尾箱,拿出那几包东西。姚德曙赶忙过来协助,其实他不用协助,他是担心安志伟把车上的东西拿错了。他那车尾箱里的东西实在是太多太杂了,有烟有酒,有衣帽鞋子,还有钓鱼用具,简直就是一间流动的仓库。

毫无疑问这就是姚德曙的别墅,因为厅堂正中那里就有一个神龛,中间一行的文字,明明白白地写道:姚氏历代始高曾祖考妣宗亲之位。我想起刚才在宿舍里,姚德曙有些犹豫,就是不想让外人知道他有这么一栋别墅。我正想借机参观一下姚德曙的别墅,没想到争分夺秒的刘叔已经开始工作。"锅巴头"把那只铁锅摆到神龛前,往锅里倒入少量桐油,用纸浸入后点燃。刘叔在神龛前坐下,嘴里念了起来:启禀中国桂西省河边县"丽水山庄"六陇方土地王……刘叔停下来问道,这个小区有庙吗?姚德曙说没有。我补充一句,不可能有嘛。刘叔接着念下去,启禀"丽水山庄"某某社官,某某土地官,今日我主姚德曙选定吉日良辰,着安龛堂,着装香火,奉请东方十一金轮赵大元帅,南方忽火雷霆邓大元帅,西方五昱灵官马大元帅,北方护国武安关大元帅,应我弟子,为我名师,敬放清油三勺,荡涤我主家室牛栏猪圈邪气……我心想,姚德曙这别墅哪有什么牛栏猪圈,简直是照本宣科念了。

"锅巴头"将铁锅拿到门外面来摆放,刘叔叫姚德曙从屋里出来,让他跟在自己的身后,绕着熊熊燃烧的铁锅转了一圈又一圈。刘叔一手提着一把短剑,一手端着一碗清水,一面挪步一面念道:祈求本龛诸神,阴保阳安;造钱钱来,造财财旺;凶神野鬼,不得入室;魑魅魍魉,善去善回。日宫太阳是我父,月府月亮是我娘,我奉霹雳将军急急令,手执利刀快剑,斩除妖魔鬼怪。刘叔嘴里含了一口水,猛地喷到铁锅里面去,火苗呼地蹿起来。刘叔对姚德曙吩咐道,进门里去,不要回头。姚德曙就埋着头,进到别墅里去了。

刘叔问我草鱼在哪里,我将这句话重复给安志伟,安志伟拎了一只黑色塑料袋过来,说鱼在里面。刘叔问鱼还活着吗。安志伟回答说,买的时候它活蹦乱跳的,溅了我一身的水。刘叔催促道,你赶快把鱼拿到附近的河流里放了,别让它死了,死了它就上不了路。安志伟问,这条鱼本来就是从河里来的,为什么要把它放回河里去。我不耐烦道,叫你去放就去放,问那么多干什么。安志伟就拎着那只塑料袋走向大门。安志伟不明白刘叔的意思,他以为那条鱼是买来吃的,以为刘叔吃腻了猪肉鸡肉想换一换口味,他不知道那条草鱼在刘叔这场"油锅"仪式里扮演一个重要的角色,肩负神圣的使命,负责召集那些魑魅魍魉离开姚德曙的别墅,远离姚德曙的身体,游到大江大河甚至大海去,从此不再干扰姚德曙平静的生活甜蜜的梦境。

安志伟黯然失色回到别墅,他悄悄地对我说,那条鱼一放到河里就死了。我追问道,它游出去一点点没有。安志伟答道,没有,我把它一放到水里,它的肚皮就翻白了。我当即就把鱼游不出去的事告诉了刘叔,刘叔淡然一笑,说游不出去就游不出去呗,鱼也有不会游泳的时候,也不是所有的鱼都会游泳。刘叔指挥"锅巴头"站在一只凳子上,把一张画好了的画符贴到门楣上方。贴这张画符时刘叔先征求姚德曙的意见,说姚县长你这房子太豪华了,豪华得我都不忍心贴上一张纸条。姚德曙说,该贴就得贴,那些摩天大楼还挂广告牌呢。刘叔接口道,也是,"非典"时期明星们还不照样跟老百姓一起戴口罩。

我站在那里看那张画符,觉得那张从门楣垂直下来的画符,就像一个方向提示符号,多余地提示主人:门在下面。细看那张画符又像一支箭头,让人感到从门下经过的时候随时都有被射中的恐怖,令人不寒而栗。

"锅巴头"贴好画符后,我上去递给刘叔一根烟,然后把他拉到一边,问他那条鱼游不出去怎么办。刘叔说,游不出去就游不出去了,我有什么办法,你是知道的,我们做"补粮"做"油锅"这一套,很大程度上是一种心理安慰,就像医生安慰绝症病人保持乐观心态一样,所以其作用是显而易见的,我们之所以拥有这份职业,是因为人们需要心理安慰,现在需要心理安慰的人越来越多,我们其实就是心理医生,只不过是道公的做法跟医生的做法不完全一样而已。我说,这我知道,但从你的职业角度来讲,这种事情只有做得圆满了,当事人或者患者才能得到心理安慰,你说是不是?

　　刘叔说,那当然。

　　我说,那条鱼游不出去,这说明姚副县长的"油锅"仪式并不圆满。

　　刘叔说,你的意思是再去买一条鱼来,重新完善这个环节。

　　我说,据我了解,放生一条鱼是一次性的行为,成败只有一次,相当于一票否决,所以重新放生一条鱼已经没有必要。

　　刘叔说,那你认为我应该怎么办。我说,你得把鱼游不出去这个情况告诉姚副县长,告诉他鱼游不出去的原因,尤其要告诉他,鱼不走,就得人走,你对他负责,实际上就是对我负责,我们的关系非同一般,他既是我的上司,也是我的兄弟。我说刘叔,我知道你对姚副县长有成见,我还是那句话,过去的事就过去了,我知道你刘叔不是个记仇的人。刘叔说,我怎么跟他说,总得有个场合吧。我说,他给你出场费的时候你就跟他说吧。

20

　　我得到安志伟的报告,他说那几个人又来了。我一听,心里就明白"立领"又来了。问话地点还是上次河边大酒店那个房间,问话的中年男子依然身着立领装,不过是短袖的立领衫。"立领"说,找你来主要是核实一下那份会议纪要,我们通过与一些单位和相关人员了解,县政府没有专题召开过研究水泥厂建厂及融资的会议。另外,我们还从一些县直机关找到了几份编号和你提供的这份会议纪要编号一模一样的文件,发现上面只有五项议题,并没有第六项内容,请你解释一下,同一份文件为什么有两个不同的版本。

我问他,可以抽烟吗?

"立领"说,抽吧,我也陪你抽一根。

我摸出烟来,先递给"立领"一根,并给他点了上火。用打火机点火时我的手抖了一下,这一抖让"立领"看到了某一种希望,但我很快就让他失望了。

我解释道,更改或者补充会议纪要内容的事情很正常,有的议题研究了但行不通或者执行不了,这就需要更改;有的议题需要重新完善内容重新明确具体措施,这样的纪要就需要补充和完善。对于更改了或者重新补充完善了纪要内容的文件,我们都要重新下发,对原来已下发的纪要我们就下文通知收回或者作废,但也有些单位找不到原来的文件或者没有按通知要求把原件送回到我们办公室。我想,你所收集到的那些纪要文件,可能就是那些单位没有按通知要求作废或者收回来的纪要文件。原来的纪要文件我们是发了通知收回的,正式的纪要文件是以我提供给你们的这份为准。

我们两人同时抽完一根烟后,"立领"让我在询问笔录上签上我的名字,摁上我的指印。我的拇指鲜红鲜红的,仿佛是一只受伤了的指头。我是为张县长受伤的,我是为姚德曙受伤的,但愿我这只受伤的拇指,能让他们渡过难关,平平安安。

21

我在住院部的草坪上见到一个熟悉的身影,那不是母亲吗,母亲坐在一只布椅上,我奔跑过去,站在了母亲跟前,妈,你怎么出到外面来了？母亲说，我出来坐一坐，见见天。我说，是医生让你出来吗？母亲说，是周医生劝我出来的，说能出来就尽量出来坐坐，不要一天到晚都卧床，周医生拿来了几包中药，让你爸熬给我吃，刚吃两天，身上就觉得有了力气。我再仔细端详母亲，发现母亲气色比几天前好多了，心中一阵欣悦。我拿出手机拨打医院邓院长电话，邓院长在外面喝酒。我问那个调动报告你签字了没有，邓院长说签字了，不过得按常规办理，走个程序，先借调两个月，然后再办正式调动手续，人已到位，就在你妈那个科室。这么说周小芳现在就在医院里了，我的心情由欣悦上升为激动。

天色黯淡下来，我对母亲说，妈，我们进房里去吧，就把母亲扶了起来。母亲说，你拿椅子进来，我自己走得了。我一惊，妈走得了路了。母亲说，我刚才就是自己走出来的。我抱着椅子，看着母亲一步一步地走向病房，从确定母亲病症的那天起，我就认定母亲再也不会站起来了。

房门轻叩两声，我过去开门。周小芳端着一个小碗进来，飘着一股浓浓的中药味。她把母亲扶到布椅上，蹲在母亲的身边，一勺一勺地喂着母亲吃药。母亲对我说道，这药就像酒一样难咽。我说，是呀，你以为我们平常总爱喝酒，其实我们在很多场合是把酒当作药来喝的。母亲笑道，我不信，你们又没有病喝它干什么。我说，那是别人有病，我们是为他们喝的，我们喝了酒，就能治好他们的病了。母亲说当有此理，你这个人就会饶舌。周小芳插话道，怪不得那天你死命地跟我四叔喝，我叔以前的顽疾，全靠你喝好了。我盯了她一眼，恨不得这一眼变成一只蜜蜂，狠狠地蜇一下那张花一般的脸。待收回眼神竟撞上母亲审视的眼，急忙解释道，你四叔没病，是宁非他们有病，我那天是帮宁非喝的。给母亲喂完药，周小芳就出去了，我要把母亲扶起来。母亲说我能行，就自己站起来，回到床上。手机在裤袋里震动起来，我打开一看，是周小芳的短信：保重身体，保卫工资。我单手摁着键盘回复：谢谢！

母亲在一旁说，现在通讯真方便，以前给你和雪雁打个电话，要让总机转来转去才转到你们学校。我接过话道，转到了学校，接电话的人又要跑到教室或者宿舍来找我们。母亲坐到床上，我端来水盆，给母亲洗了脸，再把母亲的脚泡到水盆里。母亲说，小时候你和雪雁贪玩，玩累了，到了晚上脚也不洗就爬上床去睡了，我端来了水盆，脸洗不了，只能洗脚，脚伸不到水盆，只能用毛巾擦着你们脏兮兮的脚丫。我说，那是干洗，就像现在洗衣服一样，不仅洗衣服，现在连头发也都干洗了，你在那个年代都已经很时尚、很时髦了。母亲说，别打岔，母亲严肃道，和平，妈跟你说明白话，小周是个好女孩，这个女孩子是认真的，你不能耍了她，你不能玩弄她，更不能害了她，不能毁了她一生。西方可以搞多党轮流执政，中国可以实行一国两制，但家庭不能实行一夫二妻。另外，雪雁已经被她的亲生父母狠心地抛弃了一次，你现在不能再把她抛弃了，做人要厚道，要讲良心，更要负责任。你能给小芳什么名分？你能给她什么承诺？你能负她什么责任？

我有些不耐烦道，妈，看你说到哪里去了，我跟小周没有任何超越道德规范的行为，我们只是朋友关系、同志关系，我们别的什么关系都没有。

22

我和姚德曙共同往澄水河里放生一条鱼，那条鱼只游了一下，就一动不动了，像一只小纸船浮在水面。姚德曙脱下皮鞋蹚到河里去，不断地朝那鱼泼水。姚德曙越蹚越远，越远越深，最后姚德曙消失在河里。我突然惊醒过来，再也睡不着了。早上一到办公室，我就见到了那位"立领"，显然他已经在门口站了一些时间。"立领"说，我们又见面了，有个手续在你这里办一下，请你支持和配合。我做了一个手势，请进。进到办公室，"立领"说，请你在上面单位一栏签上你的名字。"立领"递过一张纸来，上面赫然三个黑体字：拘留证。我心里一惊，然后就一阵尿急。我把"拘留证"摊到办公桌上,我握笔的手不停地发抖,"玖和平"三个字也不像往常写得那么流畅和洒脱。我认为,这三个字可能是我当干部以来写得最差劲的一次。"立领"对我说,抓的不是你,是姚德曙,我这才呼出一口气来。

出了办公室,门外又冒出"立领"的两位同事。于是我在前,那三人跟在后面,我带领他们向姚德曙的办公室走去。到了姚德曙办公室门前,我轻敲了两下门,叫了一声姚副县长,里面没有回应。我再敲两下,又叫了一声姚副县长,里面还是没有回应。我拿出手机,刚要拨号却停了下来,我问"立领",可以打他电话吗?"立领"说,可以打,但不要说我们找他,问清楚他在哪个位置就可以了。我拨了号码,刚把手机贴到耳朵就放下来,说姚副县长关机了。"立领"警惕起来,关机!他还有其他号码吗?我说我只知道他这个号码。"立领"说,你往他宿舍打电话,他是不是在宿舍?我先往大院的宿舍打电话,姚德曙平常主要住在宿舍,别墅那边一般是聚会和周末才过去。宿舍的电话没人接,我再打别墅的电话,也是没人接。"立领"说,我们不能在这里说话,回到你的办公室去,走。

回到办公室,"立领"把房门关上,坐到我的对面。他说,你应该知道姚德曙平常经常跟谁在一起,跟谁来往得比较频繁,你可以从侧面跟他们了解,他是不是现在就和他们中的某一个在一起。我当然知道姚德曙平常经常跟哪些人来往,来往得比较密切的主要是三个人,第一个是河中那位叫覃建早的女老师,第二个是"丽水山庄"的黎总,第三个是县水泥厂的唐厂长。我先打了门卫值班室的电话,问昨晚或者今早那辆尾号为 YD78 的白色"帕萨特"来过没有,执勤保安回答,没有来过,这就排除了姚德曙现在和覃建早在一起的可能性。我接着打水泥厂唐厂长的手机,情报就捕捉到手了,唐厂长说他现在正跟姚副县长在"左岸"喝咖啡。我问在哪个厅,唐厂长说就在大厅。

一行人立即登车前往"左岸",车子停下来后,我透过大厅玻璃见到姚德曙和唐厂长就坐在那里,桌上那只卡座牌写着"12"。我指着那只卡座牌对"立领"道，看清楚了吗？12号那桌。"立领"说，清楚了。我说，请你考虑我跟姚副县长的关系，我就不下车了，你们自己进去，可以吧？"立领"同意，可以。

我坐在车上，紧盯着眼前即将发生的一幕，就在"立领"他们三人靠近12号桌时，桌边却变魔术似的只有唐厂长一个人。那三个人冲上去，就扭住了唐厂长。唐厂长拼命挣扎，"立领"拔出手枪来，顶住了唐厂长的下颚，唐厂长不动了，他的两只手被反剪着押出大厅来。

错了，抓错了！我拍着大腿，急忙从车上跳下来。

姚德曙出现了，他呆呆地站在大厅门口。后来我才得知当时姚德曙正好上盥洗间去，而唐厂长他长得跟姚德曙也太相像了。

姚副县长，我叫了一声。姚德曙应道，哎。声音从门口那里传过来。三个检察官愣住了，我说，检察院的同志有事找你了解。唐厂长被放开了，他直起身子，抖着刚才被反剪了的双手。姚德曙走下台阶，朝"立领"走过来，我是姚德曙。"立领"从口袋里掏出一本证件，亮给姚德曙看，我们是南铁检察院的，现在对你执行拘留。

姚德曙首先被带到他的办公室，这时同一层楼的人似乎嗅到了什么气味，每扇窗口都伸出了一些脑袋。在办公室里，"立领"给姚德曙亮出一张纸条，这是搜查证，现在我们依法对你的办公室和你的宿舍进行搜查，由办公室主任玖和平同志在场见证，请交出你身上所有的钥匙。姚德曙从皮包里摸出一串钥匙，交给"立领"，就呆坐在沙发上，脸色苍白得没有一丝血色。姚德曙的身子不停地发抖，像害了疟疾一样。

检察官熟练地打开所有的柜子和抽屉，在很短的时间内找到了他们需要找到的东西，而那些被他们认为暂时不需要的东西又被放回原处。整个办公室内没有一点凌乱的痕迹，仿佛经过保洁员清理过了一样，似乎比原来还要整洁。从办公室出来时，"立领"交代我，从现在起，这间办公室没有经过他们的批准，谁也不准打开。

接下来检察官搜查的地方，是姚德曙在县府大院的宿舍和"丽水山庄"的别墅。在"丽水山庄"姚德曙的别墅里，检察官打开了两个楼层所有的房间，在每个房间里都转了一遍，都搜了一遍，然后他们下到二楼大客厅来，又着腰站在那里，不动了，也不搜查了。他们一边观察姚德曙的表情，一边观赏整个客厅的装潢。最后，他们请姚德曙从他坐的那只沙发上站起来，一把掀开坐垫，坐垫下面卧着一只密码箱。

"立领"一把将那只密码箱拎起来，姚德曙扑通一声跪下，双手抱住"立领"的双腿，放声号啕起来。

"立领"说，请你打开它。

姚德曙泣不成声，哆哆嗦嗦地念道：廉洁自律，勤政为民。话音刚落，那只密码箱砰地弹开了，原来它是一只声控密码箱。我伸过脖子一看，里面装满了一捆捆钞票。

检察官们几乎用了将近一个钟头才清点完密码箱里的钱，在这将近一个小时的过程中，客厅里只有验钞机发出的嚓嚓嚓的声音，伴以姚德曙抽抽噎噎的哭泣声。清点完密码箱里的钱之后，我向"立领"提出一个请求，我说姚副县长在省城的家是不是可以不去搜查，因为他的爱人身体不好，这段时间请假在家疗养，是不是给姚副县长一个自首的机会，由他主动坦白交代所有问题。"立领"当场同意，姚德曙又一把抱住"立领"的双腿，我一定坦白，我一定交代，你们千万不要去省城搜查那个家，我跟你们讲实话，省城的房子里没藏有一分钱，那套房子是我打算和我爱人离婚后作为财产分给她的。

我在房间里找到姚德曙的一个袋子，从衣柜里翻出姚德曙的衣服，把内衣内裤外衣外裤都往袋子里装进去。在床头那里，我发现一本叫《把信送给加西亚》的书，就把它装到袋子里去。从房间出来，我又进到卫生间，拿了毛巾、浴巾、牙膏、牙刷、梳子、洗面奶、润肤膏。有一瓶香水，搁在梳妆台那里，CK品牌的，我也把它放进了袋子。我四处都看了，就是没发现电动剃须刀或者刮胡刀。我想了一下，才想起姚德曙好像从来没长过胡子，他的那张圆脸似乎总是光滑圆润，就像一面刮得干干净净的猪脸皮。

临出门时，姚德曙向"立领"提出一个要求：检察官同志，请允许我跟玖主任说两句话。"立领"同意了。姚德曙转过身来，他说，平哥，你已经帮过我了，这份恩情我永世不忘。过"油锅"那晚，刘叔跟我讲了那条鱼游不出去，要我自己掂量。刘叔还说鱼不走，就得人走，说"油锅"过得今天，过不了明天，该怎么做，我自己心里应该最清楚。我也想了好几个晚上，最后还是没听刘叔的话。刘叔临走时，把我给他的"油锅"出场费退还给我了，刘叔说，这场"油锅"他做失败了，他还没有这样失败过。我一生是最相信这个东西的，为什么那天晚上我就不听刘叔的话呢，到底为什么呢？

我安慰姚德曙道，现在说这些都没有用了，你安心去吧，争取从宽处理，说完我就帮姚德曙拎那只袋子出来，像往时送他去开会一样。姚德曙被带上车后，"立领"就在别墅大门的那张画符下面粘上了封条。那张画符仿佛在提示：这扇大门不能打开了。

23

我回到县府大院，直奔张县长办公室去，把姚德曙已被带走的事情作了汇报。张县长听了，只说一句，是劫逃不过，是祸躲不了。我说，姚德曙一进去，恐怕就变成《红灯记》里的王连举了，李玉和就要"临行喝妈一碗酒了"。张县长咳嗽一声，老九，你这个比喻不恰当，再说姚德曙就是王连举，我张某人也不会是李玉和。张县长交代我，马上通知所有的副县长来我这里开会，姚德曙进去了，我们工作不能停断，他分管的摊子得有人负责起来，一刻也不能耽搁。

五个"手指"全部到齐，"食指"向龙末也专程从党校请假回来。张县长要我把姚德曙被拘留的事跟大家通报，我就把整个过程从头到尾都说了。当我讲到检察官在"丽水山庄"姚德曙的别墅搜出一个密码箱的钱来时，大家都瞪大了眼睛。"小指"党外副县长唐家旺首先发言,他说,据我所知,姚德曙是我们河边县政府有史以来最短命的副县长,只当了两个月零十三天就进去了,任期比向龙耒同志去党校学习的时间还要短。"食指"向龙耒插话道,你这个比喻不恰当,姚德曙被拘留怎么能跟我去党校学习相提并论呢,姚德曙进去是没有出头的日子了,我从党校回来那是要提拔的。唐家旺继续说,盛主任得癌症前曾经预言,姚德曙这个人很危险的,我也早就认为,这个卵仔肯定有问题。从他的行为举止从他的穿着打扮从他使用的手机,我就知道这个卵仔肯定腐败。你看他一天到晚就跟那几个有权有势有钱的局长和几个老板挤成一堆,从没见他跟过文联、妇联、侨联、社科联、党史办、爱卫办这些单位的同志在一起过。你看他从头到脚全是名牌,据说他一件衬衫就五千块钱,脚下一双皮鞋一万多块钱,还有他那块手表是劳力士的,二十多万。据我观察,他有三部手机,他开会时经常拿出来摆弄的那部,像个小笔记本电脑一样,我在网上查过了,时价六千多元。哪像我这样,一条腰带五块五,一件衬衫一十五,一条裤子五十五,一部手机两百五,一个老婆两千五。这两千五,是当年给我老婆的嫁妆。"无名指"黄福达发言,他说要摆问题,我认为是,问题个个有,不露是高手。以我个人来说,自从改革开放以来,我所吃过的宴席,逢年过节收受兄弟朋友送的烟酒茶油,如果折算成人民币起码也有十来万。按照一万元坐一年牢来推算,假如现在检察院起诉我,法院判处我有期徒刑十年,我黄某人现在就卷起铺盖自动去服刑。向龙耒说,那你现在就去呀,我开车送你。黄福达说,我还没讲完呢,你先听我讲完,我的前提是,法院首先要判决像向龙耒这样十一年刑期以上的人。

向龙耒"啪"地拍了桌子,黄福达,你是血口喷人。张县长敲了敲桌子,提醒大家道,请注意发言方式方法,要对事不对人,不要扣帽子,不准抓辫子。"中指"魏瑞萍接着发言,其实,我早就发现姚德曙生活作风不检点,经常把一些不三不四的女人带到宿舍来。大家都知道他爱人身体不好,老婆身体不好老公就可以胡作非为吗?你看人家直属机关工委崔志田书记,他老婆蓝秀萍瘫痪在床十几年了,什么绯闻都没有,每天晚上用轮椅推着老婆出去散心,那种镜头电视剧都拍不出来。我老公身体也不好,患前列腺炎多年,我从来就没有胡思乱想过。"六指"挂职副县长王福琨发言,他认为分管办公室的姚德曙平常对他的生活不过问不关心,车辆没有配给他,办公经费没有落实给他。王福琨认为,姚德曙之所以腐败,最根本的原因是不读书。我想起姚德曙床头那本《把信送给加西亚》,心想你怎么知道他不读书呢?《把信送给加西亚》这本书你读过吗?我没有资格发言,我只知道姚德曙是因为国家开发银行那笔贷款进去了,当时挪用这笔贷款来建水泥厂的时候,姚德曙是项目的负责人。

张县长最后做了归纳发言,他说一个人变坏,不是一天两天;一个人腐败,不是一千两千。腐败的根源在自己的灵魂深处。过去常讲,人有多大胆,地有多高产;现在是人有多大胆,家有多房产。人还是不要胆子太大,人还是要有些害怕。害怕,你就可以少抽几根烟,少喝几杯酒;害怕,你就会少吃甚至不吃别人的食物,少拿甚至不拿别人的钱财,少睡尽量不睡到别人的床上去。所以害怕无论是对于一个干部的成长还是健康,都是有益处的。另外,我主张我们的领导干部要做到"三禁",权欲要禁,物欲要禁,性欲要禁。无欲则刚嘛,当领导干部就是当苦行僧,当不了苦行僧,就不要当领导干部。

张县长对目前班子成员的分工重新明确,姚德曙原来分管的部门,一部分由魏瑞萍负责,一部分由向龙耒负责,一部分由挂职副县长王福琨负责。张县长说姚德曙原来分管办公室这一块的工作,暂时由玖和平同志负责。我急忙表态道,我现在只是办公室的代主任,这恐怕不妥吧。魏瑞萍说,有什么不妥?明天就提请组织部提前下文正式任命你为办公室主任嘛,再说,这个副县长职位本来就是你的嘛。向龙耒说,对,就这样落实,早晚你都得干这份活路,早干晚干还不都一样干,这就像结婚一样,现在还有几个人拜了堂才进洞房。魏瑞萍说,这也算是临危受命、挺身而出嘛,上次你要是不挺身而出,这个副县长就是你的了。张县长说,大家如果没有什么意见,就这样报常委定下来。

魏瑞萍夹着皮包站起来,她说老九,今晚无论如何你得请我吃一餐饭了。我说你这个建议不妥,人家姚副县长刚进去,我们不吃素起码也不要喝酒嘛。

24

我早上一进办公室就听说万岗镇库区发生了一件事,派出所三名干警开着小艇到库区抓赌,抓错了对象。撤退时,被群众的十几条船围困在湖面上出不来,说要给警察们上三天法制课给他们洗洗脑后才放人。这事上报到省厅,省厅限令今天务必把警察救出来。邱局长给镇书记打电话,叫他去摸摸情况,镇书记报告说带头闹事的是个武术教练。这个武术教练我认识,曾经与我交过手。邱局长急匆匆找到我时,问我局里报过来的信息看了没有?我说看了,已经报给了市里。我建议他说,今后类似的信息最好先报给我们,然后才上报给你们主管部门,这样你就不会太被动。邱局长说明白,你现在跟我去万岗一趟。我说,你干脆推荐我去当政委算了,既能协助你的工作,又能解决我的级别。邱局长说,你不是警察出身,怎么能当公安。我说,现在有几个公安厅长公安局长是警察出身的,再说我又不是只当一般警察,我当的是警察领导。我说我给你讲个故事吧,我二叔带侄子去报名参军,侄子报了名,我二叔也要报名,武装部长说你年纪大了,我二叔说,士兵你不要,难道你不需要一个连长吗?邱局长不耐烦道,别讲你的故事了,快跟我走吧。我就正经起来,我说你刚才进大门可能还没睡醒,这里是县政府,你以为说走我就能走,我就是愿意跟你走,我也得跟张县长请示了我才能走。

把邱局长领到张县长办公室,我指着邱局长说,你讲还是我讲。邱局长说,你讲吧。我就对张县长说,老大,邱局叫我跟他去万岗库区一趟,派出所干警在那里遇到了一点麻烦,邱局知道我在万岗待过,熟悉那里的群众,说话可能有点用处。张县长问道,什么麻烦事?邱局长就把事情从头到尾跟张县长说了。张县长问,今天能解决问题吗?邱局长答道,务必今天解决。张县长说,那你们抓紧去吧,快去快回。

出了门,张县长拉住我,对邱局长说,你在车上稍等一下玖主任,我还有事情交代他,就把我拉回办公室来。张县长道,长话短说,你本来今天不应出门,但派出所这件事还得你出面协调一下,邱局这个人处理事情比较冷静,善于动脑子而不是动家伙,几件比较大的群体事件都是用软办法解决的,这点我支持他,当然,也归功于你这样敢于睡棺材的人。你今天晚上务必赶回来,最好晚饭前赶回来,到时候跟我一起去陪市领导,市委考核组今天下午到县里了,考核填补姚德曙那个职位,你,张县长欲言又止,你可以做些工作,打几个电话招呼一下,含蓄一些,注意,不要发短信,明白吗?我像上次一样表态道,明白,短信我不发,电话我也不打。张县长说,你自己看着办吧。

上车后我问邱局长,船上能坐几个人。

邱局长说,大概十来个人这样。

我说,这样吧,为了安全,你把你的兄弟全部叫回来,我叫几个餐馆的老板跟我们去。邱局长惊愕地盯着我道,兄弟你没搞错吧,我们这是去救人而不是去喝酒,而且这次行动不需要后勤保障。我纠正道,错了,兵法上说,兵马未动,粮草先行。你看过电视剧《亮剑》吗?你知道李云龙怎么对那个政委说的?李云龙说打仗我当团长的说了算,后勤工作你负责。我今天临时当你一天的政委,分内的事我当然要负责了。说罢我也不管邱局长同意不同意,看了看手表,拿出手机编了一条短信:

根据张县长的紧急指示,请于今日上午九点准时集中到澄水河码头统一上船前往万岗镇,有重要接待任务。

然后我给县城十几家餐馆的老板群发出去了，不到两分钟，几条"遵命"的短信陆续回复过来。但是，"友缘美味馆"、"连升酒楼"、"上任酒家"、"步步高美食城"、"忘不了大酒店"等五家餐馆老板回复短信：本酒店也有重要接待，不便前往。我短信也不复了，直接分别给这些餐馆的老板打电话。我先打"友缘美味馆"老板谭海波的电话，谭海波说，财政局长廖竟成今晚在他那里接待省厅一个副厅长，他实在走不开，财政局是他那里的老客户，请平哥理解了。接下来的电话的理由都是一致的，都是今晚餐馆有重要接待任务，他们脱不开身。"连升酒楼"老板韦树雄说，教育局郭意局长在他那里接待省厅一个校车检查组；"上任酒家"老板王光华说，住建局费景威局长在他那里接待设计院一位姓何的高工，这位何高工是来设计澄水河三桥的；"步步高美食城"潘志新老板说，交通局长黄春龙在他那里接待省路桥集团公司老总韦登斌；"忘不了大酒店"老板景孟说，平安乡宁非书记在他那里接待一位姓阳的教授。这就奇怪了，河边今天怎么突然集中来了这么多领导或客人，而且作为办公室主任的我居然不知情。按规定，上级领导和重要部门来的客人，是要报告到我这里的，比如省财厅的副厅长来了，不但要报到张县长那里，还要呈报到钟书记那里，两位领导要亲自陪同的。我当即给廖竟成打了电话，问省厅领导来了，怎么不报过来，张县长和钟书记知道了怪罪下来谁负责。廖竟成支吾了半天，改口道，不是副厅长来，只是来了一个处长。我说，处长来也要报呀。廖竟成又支吾半天，说这个处长直到现在也还未确定到底来不来。我一个激灵就给省路桥集团公司韦登斌总经理打电话，我跟这位韦总很熟悉。手机里嘟嘟了两声后，就传来了韦总夹着粤语的普通话，老九你好啊！是不是要请我过去钓鱼呀？我说你不是到河边了吗？不是有人接待你了吗？还要我请啊！韦总说，哪里，我现在法兰克福，一个星期后才回去。

挂了电话，我一切全都明白了，这帮家伙啊！胆子真够大了，思想真够开放了，步子迈得真够大了，还真敢做敢为了，他们比张县长给我提示的做法技高一筹，他们哪里还需要打电话，还需要发短信？他们直接开圆桌会议了，直接在餐桌上动作了，直接在包厢里兑现了。形势紧迫，刻不容缓，我当即给廖竟成、郭意、费景威、黄春龙四位局长和宁非书记这五个家伙逐个打了电话，用一种神秘的口气分别对他们说："兄弟啊！有人举报，你今晚要公款宴请，从事拉票贿选活动，这事要三思而后行呀！话一说完就挂了电话。邱局长在一旁听得目瞪口呆，他说老九，你可以当纪委书记了。我说别拔那么高，今天当好你的临时政委就不错了。

25

我把十几家餐馆老板陆续招呼到码头，登上从县海事局借来的汽艇。上了船，我发现原来推辞不来的几个老板也在其中。我说你们不是有重要接待吗？"友缘美味馆"老板谭海波说餐馆前台临时报告，廖局长不来吃饭了，说是那个副厅长不来了。"连升酒楼"老板韦树雄说，郭局长也取消了饭局。"步步高美食城"老板潘志新说他刚收到黄春龙局长发来的短信，说路桥集团公司韦总临时出国了。我听了心里暗暗高兴，在心里说，我一个电话，他们还敢上你们那里吃饭？除非他们不要前途了。船上老板们面面相觑，什么重要的接待任务动用他们这么多人。汽艇驶出后，我从邱局长的口袋里摸出一包烟来，邱局长像被摸走钱包一样皱了一下眉头。我把烟一一发给大家，一一给他们点上火。站在船的中央，我说，下面我跟你们讲三句话，第一句话，五一快到了，我给大家转发一条短信，短信是这样说的：不管假期还是五一，身体健康才是唯一，要把每晚当作除夕，要把五一当作六一，要把自己当十七，这样生活就像阳光一样灿烂美丽。第二句话，兄弟们都是做生意的，平日里忙着赚钱难得出来轻松休闲，今天我和邱局把各位带到万岗百里画廊来，让大伙儿放松放松，陶冶一下情操，短信上说的接待任务，不是由我们来接待，而是库区的群众接待我们，请我们品尝鲜美的红水河鱼。第三句话,大家回去后请把拖欠你们餐费一万元以下的单位报给我,我让这些单位送经费请示过来,我找钱给你们报销,说好了啊,一万元以下。话没说完,老板们就拼命地鼓起掌来。邱局长凑过来问道,你这是唱的哪出戏?我说到了万岗,你就知道了。

汽艇驶出澄水河不久,就进了红水河道,越往前河面越宽,然后就是湖了。下游一座水电站大坝拦水使这一带水位升高,蓄水成湖,村庄田地全部被淹没。眼望四周,两岸绵延茂盛的刺竹,一派翠绿。木棉树生长其中,鲜艳的花儿点缀绚丽的风景,湖上泛着几叶扁舟,一幅美不胜收的山水画。老板们兴奋不已,纷纷拿出手机来拍照,说早知道出来休闲,应该带照相机出来才是。

我没有一点兴奋,我的心沉在几十米深的水下面。大坝蓄水前,作为拆迁工作队队长,我带领干部到这里动员群众拆房子,按规划迁到山腰上去重建。几百户人家的房子都拆了,就剩下一家没动,户主是一个叫阿三的拳师。我上阿三家去时,他正躺在晒谷坪上的一只椅子上,悠然地晃着腿。我问你还没拆呀,阿三说你把我从椅子上拉起来,我马上就拆。我说这样不好吧,当着这么多人,我把你拉起来你就没面子了,你还开什么武馆,我呢,拉不起你也损了我的形象。这样吧,你没空闲我可以先帮你收拾一下家具,等哪天你有空了就自己拆房子。说着我嗖地跃起,双手抓住二楼的栏杆再纵身一跃,翻上了二楼的走廊,进到里面去抱了一个沙发出来。楼下面的人睁大眼睛还没看清楚也没听到什么响声,我背着那只沙发已经越过栏杆从二楼跳了下来,整个人稳稳当当地坐在了那只沙发上。阿三从椅子上站起来,我朝他伸出手去,说我的腰闪了,你拉我一把吧。阿三伸出手来,刚抓着我的手,他就被摔到了沙发的后面。阿三爬起来对我说,我明天就拆房子。

我觉得我不是游走在湖面上,而是行走在昔日那些田野上,行走在那些房顶上甚至瓦片上。

如今失去土地和山林的农民,有的在水面搞网箱养鱼,有的外出打工挣钱,但大部分人宁愿在家守着老婆孩子也不愿意出去。当年麦姐丽当县长时,曾引进一位台商来这里投资搞一个旅游景区,想通过这个景区,拉动库区养殖业和餐饮业的发展。后来麦姐丽因为收受贿赂被撤职,这个项目就不了了之。那时一到双休日,麦姐丽的老公姜静波就带一帮钓友到这里来垂钓,麦姐丽下台后,姜静波不来钓鱼了,只有住建局费景威局长时不时带一些上级领导来休闲。

汽艇驶到湖中,就看见了派出所那艘白色的小艇,它被大约十五六艘铁壳船层层围在中间。邱局长拿出手机打了一个电话,一名干警接了。邱局长焦急地问道,情况如何?干警回答道,就是不让我们出去。邱局长又问,他们的人放了没有?干警说早放了。邱局长说,你们都放他们的人了,他们还有什么理由不放你们。干警回答道,他们要我们写保证书,保证以后不再发生类似的事情了才答应放我们。邱局长说,岂有此理!不过你们要冷静。干警回答说,我们已经冷静一天一夜了。邱局长叮嘱道,继续冷静,我们快到了。

原先那十几艘铁壳船上并不见人影,汽艇突突突的声音越来越近后,那些船上一下子站满了密密麻麻的人。邱局长问我,怎么办?我说,别理他们,绕过去,把汽艇开到岸边去。汽艇按照我的指点,朝一爿竹房驶过去,停泊在一个叫“愿者上钩”的鱼庄前。“愿者上钩”那四个字是我写的,也不是写,是用一把烧红了的火钳直接烙在一块刺竹片上。我见到了老潘,老潘是当年我在库区当移民工作队队长时的东家。老潘穿一条大裤衩,站在网箱内的小船上喂鱼。我大喝一声,马铃薯露出来了。老潘不慌不忙道,露就露呗,让它晒晒太阳,反正它平常都见不得阳光的。

你的臭嘴巴才见不得阳光呢,老潘的老婆一脸羞红地出来迎接我们,哟,玖书记来了,快进屋坐吧。邱局长和老板们跟着我进到房子里来,窄小的房子一下子拥挤不堪。我趴在窗口那里问老潘,你网箱里有几种鱼?老潘说有四种。我问够五桌吗?老潘说,二十桌都够。我说你给我网五十斤上来,今天中午在你这里搞五桌,厨师我带来了。我缩回头来对老板们说,你们分工一下,几个烧锅头,几个去跟老潘网鱼。

我拉邱局长坐到屋檐下问,烟呢?邱局长就在左边口袋摸索,我提示他道,摸错了,摸右边的口袋。邱局长说都一样的,就摸出了一包红塔山。我趁他不留神,从他右边口袋里摸出一包"中华"。我说你的底细我还不清楚,右边口袋的烟是你自己抽的,左边口袋的烟是招待客人的,你比廖竟成还会精打细算。邱局长让我说得有些狼狈,他说,你就这样弄饭吃了,湖上我那几个兄弟怎么办?我说我办事,你放心,等鱼弄好了,叫他们回来吃了饭就回去。

老板们好像是从一家餐馆出来的,大伙儿配合默契,船上有人网起了鱼,这边立即有人开膛破肚,厨房里的锅头跟着响起鱼片滑进油里声音,很快就炸出了香味来。老潘的老婆忙前忙后,摆桌子,拿餐具。我对她说,不要在家里面摆,摆到你家菜园里边去。那个菜园里一兜菜也没有,平整得像一块操场,上面还盖了彩条布。我只看一眼,就看出这个菜园现在是一个什么地方,说白了,这种场所在农村不是办丧事的临时宴席之地,就是聚众赌博的场所。

眼看饭局准备得差不多了,我对老潘说,借你的小木船给我用一下,就解开缆绳跳上去了。邱局长说,就你一个人去?我说当年去威虎山,就杨子荣一个,可惜这位侦察英雄后来在战斗中牺牲了。我是随意说的,邱局长却认真起来,你一定要注意安全。我说没事,船已调头划出去了。

在望不到头的水面上,随处可见一只只往来穿梭的船只。船只,取代了库区群众的脚,成了这里的人们出门往来唯一的交通工具。原来户与户之间,走几步路就到了,现在一出门就要上船。船到湖中,天空突然下起了雨,前面一只小船在吃力地往前划。小小的船上面竟然挤了七八个人,一个穿红衣衫的小女孩擎着一把红雨伞,摇摇晃晃地擎在前面划船的母亲的身上。我的心提到了嗓子眼儿上,急忙用力将船往前划去,紧紧地跟在那只船的后面,一直跟到他们渐渐靠岸才调过头来。

雨停下来时,我把木船划到湖中那堆船边,往其中一艘铁壳船抛上缆绳,纵身一跃就跳了上去。几个青年仔围上来,我大喝一声:知道我是谁吗?没有人应答。我厉声命令道,叫阿三来见我。阿三猫着腰从驾驶舱里出来,说玖书记你来了。我从口袋里摸出烟来,一捏竟成了糊状。阿三就递了一根过来,给我点上了火。我深吸一口,问阿三最近看了河南台的中泰对抗赛没有,阿三说看了。我问有什么看法。阿三说,我们主要输在体力上,打三局我们能赢,打五局我们队员吃不消。我却不以为然,我说,我们是输在比赛规则上,我们的拿手招数是抱摔,而那晚比赛的规则只允许别摔,禁止主动抱摔。谈了一阵,我对他说,你招呼小艇上我那几位兄弟到老潘那里吃饭,你的这些兄弟也一起去,我今天给你们带了生意过来。说罢纵身一跃跳到小木船上,小木船晃都没晃一下。只听见阿三对那几个青年仔说道,练轻功练到这个份上,我还没见过第二人。我将小木船划出不久,身后的船只就突突突地发动起来。

在菜园里的彩条布下,我把邱局长、老潘以及派出所的三名干警招呼过来坐一桌,其他人自由组合。几杯酒进肚后,我站起来说,大伙儿照吃不误,我简单讲几句话,今天我和邱局长一路来,一路看,看得不多,却想了很多。我想起了以前的村庄、以前的田地、以前的房子。我在雨中送那只小木船靠岸的时候,在那个水位比较低的位置,我从清澈的水中看到一处房子的痕迹,房子四周的基脚就在水下面,据我判断,应该是阿三你原来的那个家。如果那是我的房子,看到我的房子被淹在水下面,我也会流眼泪。说到这里,除了邱局长以外,所有人都站了起来。我说,大伙儿坐下吧。但没一个人坐下来。我就坐了下来,我说大伙儿坐下吧,我都坐下来了,你们这样站着,这饭怎么吃呢。大伙儿才坐了下来。坐下来后我继续说道,库区人民为国家建设做出的牺牲,党和政府没有忘记,你们目前暂时遇到的困难,党和政府也都知道,柏油路就要修到你们村了,水厂也建起来了,学校的教学楼和学生宿舍就要建成了,考虑到两岸群众平常赶集坐的机帆船不安全,县里专门去订购了一艘客轮。你们知道吗?外国什么人才能坐客轮,只有贵族才能坐客轮。饭要一口一口地吃,酒要一杯一杯地喝,问题也要一个一个地解决,中国的事情慢不行,急也不行,要稳中求发展。你们自己也要争气,不要一天守着老婆跟孩子抢着奶喝,不要一天到晚研究香港那个"六合彩",尤其是聚众赌博赌什么"三宫"。我弯下腰身,从地上捡起一张粘着黄泥巴的扑克牌,我说你们哪个敢拍胸膛保证,你们没在这个棚子下面赌过?你们站起来给我看看,你们居然说派出所抓错了人,居然把干警扣起来。"啪"的一声,我一掌击到桌面上,眼前的酒杯震到地上。我说,你们知道这是什么行为吗?这是对抗政府对抗法律的行为,你们这是错上加错,你们居然把公安干警的忍让当作软弱,你们那些铁壳船很厉害是不是?我告诉你们,下次你们再乱来,开进湖里来的不再是汽艇,而是水陆两用坦克。

　　说到这里,我心中的气也消了一半。我说我今天来,不是来发火,不是来恐吓你们,也不是来老潘这里白吃白喝,我是来跟大伙儿商量做一些事情,做一些对得起子孙后代的事情。眼前这面湖水,虽然淹没了我们的田地,把我们逼到山上来了,但这面湖水同样给我们带来财富。去年夏天,我陪张县长到里当村察看灾情,看到那个琴良屯的玉米水稻都被淹了,位于低洼地的房子也被淹了,没想到群众居然说,这水要是不消退就好了,这风景跟桂林山水简直一模一样,可以搞旅游开发。当年麦县长在位时想搞的景区没搞起来,但有一天终会搞起来的。你们现在就要像老潘那样,在水面上搞起网箱养鱼,这才是真正的生财之道。你们相互看一看,每一桌都有几位客人,你们知道他们是什么人吗?刚才我听见有人讲,是我玖某人请来的拳师,要来这里打架的。我告诉你们,他们不是拳师是厨师,他们只懂菜谱不懂拳谱,他们都是县城大餐馆的大老板。今天我带他们到这里来,就是把生意带到你们家门口来,把市场带到你们库区来,今后你们养的鱼就卖给他们,你们养多少,他们就收多少。你们知道吗?现在县城里的人很少吃猪肉鸡肉了,就吃鱼肉。吃鱼也是讲究的,不吃塘里的鱼,要吃河里的鱼。我话讲完了,大伙儿认为我讲错了,就当我放了一通臭屁,如果认为我讲对了,每人就敬我一杯酒,就一杯。众人鼓起掌来,纷纷端着酒杯围拢过来。我端起酒杯道,更正一下,不是那种茶水杯,是大伙儿手里的"牛眼"杯。

三名干警端着酒杯过来敬酒,我挡开他们的酒杯道,关键时刻要讲级别,先敬你们邱局。邱局长道,先敬你们政委。干警们愣了,一名干警问道,玖主任你调来当我们政委了?我答道,临时,临时。

　　老潘显得格外兴奋,连连给我敬酒。我劝他道,你多敬那些老板,跟他们留下电话号码,以后联系就方便了。话还没说完,老板们就都凑到了老潘身边,说以前没有联系,买的鱼都是经过二手,还不是真正的河鱼。我趁他们说话,主动到阿三那桌敬酒,我提议大伙儿喝大杯,一帮青年仔就兴奋起来,说哪个不知道玖书记酒量了不得。我说好手能打得几拳,都是一帮卵仔乱吹的,我就曾经败在一个叫周志超的农民兄弟的手下。

　　我后来是被扶上汽艇的,一到船上就歪倒了。邱局长过来问道,没事吧?我摆了摆手,报告局长,政委没事。话没说完,就把头伸出船窗外,哇哇哇地吐了起来。邱局长在身后扶着我,可别把胆子吐出去了,河边人民需要你的胆。我缩回头来说道,你终于说了一句温暖人心的话。待缓过气来,我对老板们说,我今天欠了大伙儿的人情,亏了你们的生意,今后我玖某人会加倍偿还你们。什么叫人情?人情就是礼尚往来,就是不断地偿还。几个老板凑过来,说玖主任你想多了,你平常没少关照我们,我们都欠你的人情。手机振动起来,一看是张县长的电话,我说老大,我喝醉了。张县长责怪道,你怎么又喝醉了。我有气无力道,没办法,老大,农家土酒后劲儿就是大。张县长说,我不管你,你无论如何要赶到河边大酒店来,见见考核组的同志。我说老大,我去不了啦,我真的醉了。

　　我还用去河边大酒店去见考核组吗?我不用去了,我今晚把那几个家伙的饭局撤掉就已经大功告成了。

26

　　我给母亲补到坛子里的米,母亲没有吃去一半就吃不下了,只能依靠输液维持生命。母亲主要是疼，常常疼得痛不欲生呼天抢地地叫唤。周小芳原先一天给母亲注射一支"盐酸哌替啶"，后来是一天两支、三支、四支。这种注射液不是随便可以拿得到的，就是注射完了安培也要送回科室登记备案。要不是有邓院长的关照，母亲只能一天天地接受病痛的折磨，在剧痛中走完生命的最后历程。母亲以前一听说村里某个老人不声不响地去世的消息，脸上就充满一种向往的表情，说以后我能这样死去就好了，没有什么痛苦也不连累家人。这天晚上，我和玖雪雁一进到特护病房里间，就听到母亲在一声接一声地哼叫。父亲坐在床沿上，手足无措地抓着母亲的手，一脸的茫然无奈。玖雪雁扑上去跪在病床前，把脸紧紧地贴到母亲的脸上。我站在一旁，听凭母亲的哼叫声像一把把刀子一般刻着我的心。

　　我走到床前，摁了一下床头铃。周小芳很快就站到了跟前，她朝玖雪雁深深地鞠了一躬，说玖老师好！玖雪雁仔细地打量着周小芳，周小芳把口罩摘下来，玖雪雁就认出来了，你不就是周小芳吗？周小芳回道，是我。玖雪雁说，可惜！当年你是完全有希望上复旦或者同济的，可你却读了卫校。周小芳说，谢谢玖老师还记得我，当时我家的情况只允许我和我弟其中一个上大学，我把这个机会给了弟弟，他现在就在复旦读博。玖雪雁说，这我知道，后来你读了县妇联扶持的那个免费卫校班，真是大材小用了。周小芳说，没什么的，反正在哪里做工都一样，有一碗饭吃就行了。我把周小芳拉到一旁，问今天打针了没有。周小芳小声答道，才打不到两个小时。我说，我妈疼得太难受了。周小芳说，阿婆这是已经产生了耐药性。我追问道，就是……周小芳接着我的话道，就是药物在她身上已经失去了药效，就是药物已经完全失去了作用。周小芳说完，就告辞出去了。半夜里，哼累了的母亲迷糊过去。我对父亲说，爸你回家休息吧，雪雁你也回去，明天你还要上课。我把他们送到门口，关上门后来到母亲的床前。

　　母亲清醒过来，她看见了床前的儿子。她动了动身子，我知道她是想斜躺起来，就把另一只枕头垫到她的头下。母亲皱着眉头，竭力忍着疼痛,两眼转动一下竟变得清澈起来。母亲说,和平……刚说这句,我就感到母亲的舌头已塌陷下去。老人舌头一塌陷,就表明来日不多了,我两眼顿时滚落泪水。母亲喘了一口气道,和平,妈实在是扛不下去了,妈以前什么苦什么痛都扛过来了,这次实在是太疼了太痛苦了,妈实在是熬不过了,妈求你办一件事,你想方设法搞到一瓶安眠药,然后把我送回老家去,给我换上一身干净的衣服,我把药吃了就安静地睡过去,什么痛苦都没有了。

妈!我求你了!

妈!你别说了!

我放声大哭起来。

半夜里,母亲一声接一声地哼叫,一遍又一遍地呼唤她的母亲,阿妈呀,你在哪里呀?你的女儿疼得熬不过去了,你把你的女儿带走吧,放进火炉去也行,放到雪地里最好。把我烧融了,把我冰冻了,我什么痛苦就没有了。母亲的声音在一阵接一阵的叫唤中变得沙哑,变得声嘶力竭,她依然不间断地叫唤。

我摁了床头铃,周小芳悄然站在身后。我对她说,再给她打一针吧。周小芳摇了摇头,就把我扯出外面来,说没有药效了,再打也没有用了。我说,那就只能眼睁睁地看着她这样痛苦地走到那一头。周小芳说,这是最残酷的现实,任何一个癌症病人都是这样痛苦地走到生命的终点。周小芳接着说道,阿婆现在的生理机能还没有完全衰竭,还要继续承受疼痛的折磨。

我问周小芳,还有什么办法或者其他什么药物?

周小芳摇了摇头,我抓着她的肩膀吼道,今晚你怎么总是摇头呢,难道你只会摇头吗?周小芳眼泪就流了下来,那你说我怎么办?我怎么办?我也没有什么办法了嘛?我靠上去搂住她的肩头,对不起,对不起,我不该对你发火。

周小芳抹着眼泪,嘴唇动了一下,又不动了,仿佛一扇紧闭的门,刚刚启开一道缝又关上了。我盯着她,知道里边肯定藏着一句话,她是在掂量该不该把这句话说出来。我说，你肯定还有什么办法，你赶快告诉我。

周小芳凑近我的耳畔，悄悄地说了一句。我的眼睛瞪圆起来。周小芳说，这可是你逼着我说的。我摸出烟来，点燃一支吸了起来。连续吸了三根烟之后，我拿出手机打了一个电话。

潘老板很快就来到，我说，你现在想办法给我弄一点东西来。潘老板问什么东西，我就把周小芳的话跟他说了。潘老板轻松道，我以为是什么东西，我立马就给你弄来，我爸去年最痛苦的时候，还不是靠这个东西熬了过去。

里间的母亲还在撕心裂肺地叫唤，仿佛喉管已经被割断，声音就是从那伤口夹着血丝出来的。周小芳扳过我的脸，一脸肃穆地盯着我道，我请你再冷静考虑一下，现在改变这个决定还来得及，我再提醒你一句，这可是非常危险的事情，就是在我们医疗界也没有这样的先例。

我态度坚决地说道，如果你觉得由你来执行不合适，或者你觉得你执行有困难，你可以回避，我另外请人。

看你说的！周小芳狠狠地瞪了我一眼。

待潘老板返回来时，周小芳已经准备好注射器。潘老板从皮包里取出一个小纸包，摊在茶几上。我凑近一看，是一包像盐巴一样的粉末，我虽然无数次听说这样的东西，但亲眼见到这样的东西，我还是第一次。当我打开这小包东西的一刹那，我确实感到一丝惊恐，但当周小芳小心翼翼地把那东西倒进一只空的安培里再注入盐水时，我就有了一种莫名的冲动和期盼。

周小芳用一只橡皮管绑住母亲枯瘦的手臂，轻轻地拍打着母亲的血管。我在一旁安慰母亲道，妈，给你打针了，打完针你就不疼了。周小芳动作麻利地把那只安培里的液体，注射进了母亲的静脉。仅仅过了一分钟或者不到一分钟，母亲痛苦的叫唤声戛然而止，很快就发出均匀的鼻息声。

潘老板告辞出去，我和周小芳回到外面会客厅，坐到沙发上，周小芳手里还拿着那只注射器。我指着它道，你还不把它丢了。周小芳这才把注射器丢进那只专门回收使用过的注射器的塑料桶里，来到洗手盆那里洗手。我跟上前去，两只手轻轻地从后面揽住了她的腰身。她慢慢地转过身子，靠在了我的怀里。我觉得她的身躯受惊似的一阵阵发抖，就一把将她紧紧地搂住，嘴唇紧贴着她的耳际，柔柔地说了一句：感谢你让我的母亲不再疼痛。

周小芳回值班室去了，我一个人坐在沙发上，我觉得应该给两个哥哥打个电话，虽然两个哥哥最近一直电话不断，但父亲一直对他们报喜不报忧，所以他们对母亲病情的了解极为肤浅。母亲的病情现在已经恶化到了这个程度，作为弟弟我有必要把实情跟他们讲明白。我推算了一下时间，大哥现在上班，就决定打二哥友平的电话。兄弟三个当中，大哥和我长得高大健壮，夹在中间的二哥长得瘦弱，性格却最直爽，从不隐瞒自己的观点。二哥认为他瘦弱，是因为大哥和我一个前头一个后头把好奶水都喝了。当初母亲决定把雪雁许配给我时，二哥当即提出反对意见，他认为母亲这样做，除了涉及封建社会的包办婚姻之外，还会影响到我和玖雪雁的心理健康及生理健康。二哥的分析很到位，我和玖雪雁在大学里相处四年，两人之间的关系别扭而难堪。虽然天天见面，我连玖雪雁的手都不敢碰一下，一到周末，我就一个人到体育馆去打球练拳。那年大四放假回来，母亲有意安排我们两人睡到一个房间，半夜里母亲起来方便，竟看到我一个人睡在客厅沙发上。新婚之夜，当贺喜的人渐渐离去，当新房里只剩下我和玖雪雁时，我依然感到别扭和难堪，甚至还有一种羞愧。母亲对二哥的意见一直耿耿于怀，二哥那年暑假带了那个日本女友回来，母亲气得几天只说一句话：你外公是跟日本人在缅甸战死的。吃饭时，母亲在桌上故意多摆了一只空碗、一副筷条，说你外公在跟我们吃饭，让你的日本女人给外公夹菜。直到后来二哥他们生了那个"杂种"的孙子，母亲才慢慢地接受现实。

二哥接了电话开口就问,阿妈怎么啦?我直接告诉他,阿妈的舌头塌陷下去了。二哥不明白这句话的意思,问舌头怎么塌陷下去了。我就明白无误地告诉二哥,老人的舌头塌陷下去,就意味着活不久了。二哥当即说道,我跟大哥商量一下,我们马上回去。我说,越快越好。二哥说,我跟大哥敲定日期后马上告诉你。我在沙发上睡过了头,早晨母亲在里间叫我的时候,我还在一条狭窄的人行道上行走,人行道上人山人海。直到母亲说了一声我想喝水,我才从梦中惊醒,急忙爬起来倒水端给母亲,说妈对不起,我睡死过去了。母亲喝了水,说我也睡得很好,很久没有这样踏实地睡过。我就把梦境告诉了母亲,母亲说,梦见在狭窄的道路上行走,说明办事不顺利,你可要小心一点。

27

我那晚其实并没能够把那几桌饭局全部撤掉,还有一桌依然在"忘不了大酒店"摆开,宁非在那里宴请阳教授。宁非是通过我才认识阳教授的,后来又通过阳教授认识了市委黎书记。我知道,这次考核宁非将是我最大的竞争对手。我相信阳教授在同盟面前是会保持清醒的头脑的,但也不能不提防,尤其是阳教授喝了酒以后,容易冲动拍胸膛,人家说句这事请你帮帮忙,他当即就会责无旁贷,二话不说,这事包在我身上,你就等着好消息吧。既然宁非你请了阳教授,那么我也请他来一趟。阳教授是我的同学,同学之间互相宴请无可非议。我派康秘书开车到省城接阳教授,并请求张县长抽空见一面。张县长明白我的心思,说到时我全程陪同。

阳教授一到,我就把他接到城区中心广场,先让他看那座雕塑。这叫作"忆苦思甜"或者"饮水思源"。原来中心广场这座雕塑,本来县里已经决定给市里一个文化设计公司负责设计的,阳教授不知道怎么得到了这个信息,就给我打了一个电话,想让他大学艺术学院的一个朋友来设计。我当即找到张县长,说服张县长把这个设计项目给了阳教授的朋友。后来我才知道,这座雕塑是阳教授自己设计的。这个雕塑的设计费是六位数,而且是税后。

城区中心广场那里,高高地耸立着一座像一棵向日葵一样的雕塑,那始终向阳的花瓣在阳光的照耀下闪闪发光。阳教授叉着腰指那雕塑说,一座雕塑是一座城市的标志,是一座城市的灵魂。一座没有标志的城市就是一座没有文化的城市,一座没有文化的城市就是一座没有希望的城市。张县长说,正确,关键还要看这座雕塑是出自什么人的手里,如果他是一位大师的杰作,那么这座雕塑才会闪耀着智慧的光芒,才能真正体现出一座城市的文化和魅力来。张县长说,河边县城虽小,但因为有了阳教授亲自设计的这座雕塑,吸引了外界很多人的眼球。

阳教授说,承蒙县长奖掖,本人虽不是河边人,但我每年来河边的次数,比我回故乡的次数还要多。我统计了一下,最近在省城请我吃饭的人一共有二十二个,其中河边的朋友就有十七个。说实在话,我对河边是比较了解的,我一直都在想,河边的品牌是什么?或者说河边应该打造怎样的品牌?搞工业不行,你们没有什么资源,而且电力不足;搞农业开发也不行,你们人均不足一亩的耕地能填饱肚子就不错了。我认为,第一,你们应该抓教育,打造几所像河中这样的名校,培养一批像玖雪雁这样的名师,把教育品牌树立起来;第二,你们应该抓旅游,利用库区水面美丽的风光开发旅游业,通过抓教育,抓旅游,促进服务行业的发展,从而拉动经济的增长。

精辟,实在是精辟!张县长说,对阳教授的建议,我们政府一定认真采纳并研究出具体的落实措施。张县长说,改天我专门召开一个大会,专程请阳教授到河边来做一场讲座,给全县干部讲一讲如何打造河边品牌,发展河边经济。阳教授说没问题,就怕他们听不懂,我变成对牛弹琴。张县长有事先回办公室,说中午吃饭时再陪阳教授。在返回宾馆的路上,阳教授突然问我,老九,你爸妈身体好吧?我说母亲住院了。阳教授说,我们早年在大学不是有个约定吗?彼此的父母病了或者去世了必须互相告知，你怎么违约了？我说你不是很忙吗，我怎么忍心打扰你？阳教授说，我们再忙，也不能忙到把看望老人都省略了，我们不能在父母有限的时间里跟父母进行有限的交流。

母亲半躺半卧在床上，见到我和阳教授进来，母亲脸上掠过一缕笑容。她欠了欠身子，对我堂妹说，快给这位阿姨让个座。我扑哧一声笑了，说妈他不是阿姨，他是阿叔，是个大作家，是大学教授。母亲也笑出了声来，哎哟喂，大作家，大教授，对不起了，我人老了耳聋了眼也花了，先生和女士都分不清了。

阳教授站到床前，将了将头发道，刚才听您老人家说到耳聋眼花，我就想起我老家关于耳聋眼花的一个故事，说是有个母亲去看望女儿，晚饭吃到一半时，煤油灯突然熄灭了，母亲估计是亲家婆去点灯，黑暗里就对一旁的女儿说，等下你多往我碗里夹几块肉，没想到点灯回来的竟是女儿。母亲窘迫得无地自容，羞愧无比地对亲家婆道，唉，人老了，眼花了，脑子也乱了，自个讲什么话都不知道了。亲家婆回应道，是呀，我也老了，眼也花了，耳朵也聋了，别人讲什么话我也听不见了。床上的母亲抽搐般地笑着，说这个故事我也听过，但你讲出来就跟人家讲的味道不一样。

待母亲停止了笑，阳教授弓着身子说，伯母，我是和平的同学，今天顺路来看望您老人家。当年读大学时，和平给了我很多关怀和照顾。我家在农村，兄弟姐妹多，家庭很困难，和平经常接济我，送给我饭票，送给我衣服……阳教授说到这里，先是顿了一下，然后就哭出声来，鼻子抽噎着：我穿的第一双皮鞋，就是和平送给我的，我这辈子什么人都可以忘，就是不能忘了和平。母亲说，你跟和平是同学，你都当教授了，和平还只是个科级干部，能帮你就帮他一把。阳教授说，不是又考核了吗？我等下就给市委黎书记打电话，放心吧。伯母，您是一位伟大的女性，一位伟大的母亲，您养育了三个优秀的儿子，您积善积德，福相寿相，福大命大，您会永远健康长寿的。说着从包里拿出一个鼓胀的信封来，塞到母亲枕头下面，伯母，这是我的一点心意。母亲推脱不接，说大教授你的心意我领了，但我不能收你的钱。阳教授说我的钱就是和平的钱，我给您等于和平给您，儿子给您钱难道您不接受吗？我在他身后劝道，老班长算了吧，明天你又后悔了。阳教授平常喝酒喝高了就掏出钱包来，这个两张那个三张地扶贫桌友，第二天酒醒后就叹气，我昨天是怎么搞的，把钱包里的钱都分光了，你们以后要提醒我。阳教授瞪了我一眼道，在天底下所有的母亲面前，我不需要提醒。阳教授硬是把那个信封塞到母亲的枕头下面。

父亲悄然进来，怀里抱着一床折叠的毛巾被，准备晚上睡觉盖着。母亲的病让父亲愈加苍老，曾经挺拔的身躯已经不再伟岸。堂妹上前从父亲手里接过毛巾被，放到床上。我招呼道，爸你来了，就把阳教授介绍给他，这位是我的大学同学，我的老班长、大作家、大教授。阳教授上前握着父亲的手道，伯父大人，久仰久仰。鄙人姓阳，耳日阳之阳，叫阳日葵。用我们的方言说，就是"向日葵"。望字见义，乃耳朵边照着一轮红日之意也，故鄙人长得又矮又黑，不得不蓄一头长发以遮挡紫外线。不过，我这姓字念阴平声，不念阳平声，很多人都念错了。父亲被逗乐了，说作家就是作家，语言表述就是与众不同。阳教授说，早阅贵府荣史，不胜感叹，光绪年间，出了个进士、五品官，当代又出了两位科学家和一个基层干部，了不得，了不得啊！相比之下，我那个阳氏家族就出我一个人物，而且整整一百年才出了我这么一个人物，相形见绌，形单影只啊！我瞥见堂妹掩着嘴偷偷地笑，就狠狠地给她使了个阻止的眼色。

阳教授又说了一阵，就提出不打扰伯母休息要回省城了，说以后一定会经常来探望。来到床前，握着母亲的手，伯母，您万福万寿，我祝您早日康复！我和阳教授来到楼下，阳教授说，你有时间多陪陪母亲，不要一天到晚跟着领导屁股跑，把自己爹娘都忘了。过去总讲忠孝两难全，这个观点是错误的，这纯属是借口，不孝顺的借口。我的观点是，一个好干部，一个好领导，首先应当是一个听话的孩子，一个乖巧的孩子，尤其是一个孝敬的孩子，父母都不孝敬，谈何孝敬百姓！你说是不是？

我连说，是是，老班长的指示高屋建瓴，具有很强的指导性和可操作性。阳教授说，你这是拍我的马屁，不过我这匹马你是拍对了。

28

我把阳教授引进包厢后，他就开始打电话，打通后就打手势制止我们说话。我一看那情形，就知道他给谁打电话了。阳教授手插口袋说，胜亮书记，我现在在河边，和张县长他们在一起，你跟他讲一下吧。张县长接过手机，说了一句黎书记你好，就听着黎书记在那边说了。听了一阵，张县长说了一句：没有什么很大的困难，主要是人手不足，希望黎书记和市委尽快配齐配强河边政府班子成员。我听到张县长说人手不足，思想就开了小差，我想起一个故事来，说是某县书记县长两人都有器官缺陷，书记少了一个手指头，县长则是一脸麻子，偏偏两人长期闹不和。一次到市里开会，要求书记县长上台表态发言，县长先表态，完成市委市政府交给我们的任务没有问题，主要困难是人手不足。书记接着表态，再大的困难我们也要坚决完成任务，完不成任务我们就没脸见人。我正开着小差，阳教授已把手机递过来了，说黎书记跟你讲话。我接过手机，说黎书记你好，我是小玖。黎书记说，小玖你好，然后就表扬我在处理县水泥厂料场崩塌事故中所表现出来的勇于负责任的态度，说前因后果张县长都跟我汇报了，不要灰心，不要丧气，组织是不会让老实人吃亏的。最后黎书记说，小玖，你对我还有什么意见和建议吗？我说黎书记，我还是上次那个意见，请你多多保重身体。

跟黎书记通完电话，大家开始相互敬酒。我先给张县长敬酒，我说老大，说来说去还是那句话，大恩不言谢。张县长小声道，我也要感谢你，一切尽在酒杯中。我知道张县长感谢我，是因为我炮制了那份会议纪要，因为有了那份会议纪要，所以张县长没有因为国家开发银行贷款的事而被问责。阳教授坐在那里有点不高兴，你们这是掏耳朵，耳朵舒服了你们高兴了，就把我这根掏耳棍给忘了。我急忙端起酒杯来到他跟前，老班长，我还是那句话，你过去是我的班长，现在还是我的班长，将来必定还是我的班长，你随意，我干杯。阳教授站起来，一手搭在我的肩上，好事多磨，明白吗？我说，明白。

两瓶酒喝完后，话题就交给了阳教授。阳教授的小说《半夜叫鸡》被改编成电视连续剧，他想在河边这里拍摄，因为这个故事就取材于河边。阳教授说，很多读者以为我这个故事是色情的，其实这是天大的误解。艺术与色情有着本质的区别，比如你在观看时，让你感动的是艺术，让你冲动的是色情；比如你观看之后，能让你回想起其中情节的那是艺术，只能回想起其中动作的那是色情。再比如我们中秋赏月那是艺术，如果你想跟嫦娥私奔那是色情。我这个小说写的是一群山村女子到城市经过一番打拼之后重返故乡创业的感人故事，完全是主旋律的题材。我敢说，这部电视剧拍成了，将会极大地推动河边旅游业的发展。阳教授说，当然，电视剧的片名不能叫《半夜叫鸡》。至于片名叫什么，阳教授说我将在河边选外景时寻找灵感。我建议道，你到万岗库区去拍吧，就以那里的湖光山色为背景去讲述故事，那里的百里画廊会让观众着迷的，这几天我跟老大请假，什么活儿都不干，就陪你去那里选景。安志伟对阳教授说，如果剧中有武打的戏，你干脆叫玖主任去演，库区那里有个叫阿三的拳师可以跟玖主任演对手戏。阳教授说，我只是编剧，老九你能不能演，那是导演说了算。手机在裤袋里振动，我一看是二哥从东京来电，就说对不起我接个电话，即出到包厢外面来。二哥说，他们两家人决定一周后分别从纽约和东京启程，然后在北京汇合飞省城，到时找两部车到机场接他们。我说没问题，到时准时接机。散席后，我和张县长送阳教授回到宾馆。出到门外来，张县长说，这次考核是差额考核，考核你的同时还考核宁非同志，这是考核组的决定，你要正确对待，要有充分的思想准备。

回到病房，父亲在会客厅看某个电视台正在热播的电视连续剧

《没有语言的生活》，见了我仅仅做了一个手势，这个手势表明知道我回来了，还有就是母亲在里间。父亲看电视有两个特点，一是看电视不让别人打搅，二是看言情剧只和母亲两个人看，别人不能在场。进到里间，我发现母亲居然坐在躺椅上，堂妹坐在一边给她朗读报纸新闻。我一阵惊喜，说妈你怎么起来了。母亲说，小周医生这段天天给我打针，我感觉又不疼了，又有些力气了。我就把两个哥哥一家人要回来的消息跟母亲讲了，母亲脸上充满了喜悦。我掏出手机，悄悄地跟周小芳发短信。

　　我：这些天你给阿婆用了什么药？

　　周：白蛋白。

　　我：不是说用了更疼吗？

　　周：有了那个东西就不疼了。

　　我：那个东西真的那么神奇吗？

　　周：不神奇为什么有那么多人在用呢？

　　我：可是他们都不是病人。

　　周：这个世界上每个人都是病人。

　　我：你也有病吗？

　　周：有。

　　我：什么病？

　　周：相思病。

　　堂妹在一边不合时宜地说了一句，给谁发那么多的短信呀？果然这句话引起了母亲的警觉，她盯了我一眼。我就狠狠地瞪了堂妹一眼，就你敏感就你多疑，还没出嫁就像个泼妇了，以后哪个讨你做老婆，哪个就会跟你倒霉。母亲还是想知道答案，她盯住我不放。我说，我跟阳教授聊些事情。母亲问，是那个阿姨教授吗？我说，是他，他准备在河边拍电视剧。我干脆就打了阳教授的电话，老班长吗？你这次在河边要待几天？阳教授有些疑惑，我不是跟你讲好了嘛，先改完剧本，然后再看外景。阳教授当然不理解我这个电话所隐藏的诡计。父亲进到里间来,问我刚才说了什么。父亲刚才看电视,肯定没听清楚我的话。我就把哥哥两家人准备回来的事,重复了一遍。父亲听了淡然道,人家连战吴伯雄宋楚瑜回大陆都回得那么勤,他们也该回来一次了。

29

我对周小芳说,有什么紧急的事电话里都不能讲了。周小芳说,三言两语话讲不清楚。我问在哪里说好,周小芳说到四楼我的值班室来。我一口气上到四楼,进到值班室周小芳就把房门关上。周小芳说你别担心,科室的人都知道我是阿婆的主管医生,我现在跟你说话,就是跟你说阿婆的病情。我说,什么急事搞得这样神秘。周小芳说,今天下午有两个自称是市委调查组的人找到我,问我是否知道我四叔去了哪里,他们要跟他了解一些情况,他们是到了我四叔家找不见人,才找到了我,走时给我留了联系电话,说知道我四叔的下落后就给他们回电。我一听就明白了,宁非让人告了。我问道,你知道你叔去了哪里?周小芳答道,他就在这里留医,跟阿婆一样的病,只是位置不同,在咽喉部位。

这么大的事你也不告诉我一声,我急了起来,你阿叔就是我阿叔,知道吗?周小芳提醒道,你小声一点,我能听得见。我站起来说,我现在就去看他。周小芳拉住我道,我还没把事情讲完,讲完了你再去看他也不迟。周小芳说,我在《河边报》公示名单上看见你和宁非的名字,我就知道他们找我四叔肯定与宁书记有关,就是调查当年游街的事。我说,那你告诉他们你叔在医院这里不就行了。

不行!周小芳说,我要听你的意见后才告诉他们。

我的意见?我说,我能有什么意见?我没有意见。周小芳说,我四叔当年被游街是铁的事实,平安街上任何人都可以做证,这件事我要是如实地反映给考核组,宁书记就别想提拔了。

我重新坐了下来,此时病房里就我们两人,我终于有了一个合理的环境一个合适的条件仔细地打量眼前的这个女子。这是一个让我有一种不可言状或不可言喻的冲动的年轻女子。我在这里老实承认或者坦白,在见到周小芳之前,我从来没有这种冲动和这种感觉。周小芳穿着浆洗得干干净净的白大褂,宽松的白大褂仍然无法隐藏她胸脯的挺翘,挂在胸前的听诊器恰好就吊在那两座山峰之间。那张粉嫩的圆脸,由于我的凝视而粉若桃花。然而,那双眼睛却显得与她的身份极不相符,医生的眼神通常是平静的甚至是漠然的,可是这双眼睛却充满了警惕和锐利,和坐在主席台上的那些眼睛一模一样。

你也坐下来嘛,我招呼她道,坐过来近一点。周小芳就坐到了我侧面的凳子上。我挽起左手的袖子,伸到她的面前去,万一有人进来,说明她这是给我测脉搏。周小芳把她的手也伸了过来,我一把捉住了那只手。周小芳红着脸道,是我测你,还是你测我?我说小芳,你四叔那件事已经过去多年了,那件事的发生有当时的历史背景,不能把责任全部推到宁非一个人的身上,何况现在事情已经了结,你四叔已经把宁非收为"寄子",宁非也认了四叔为"寄父"或者干爹,所以你们就不要有什么恩怨了。再说,我这个人是一个做好事做到底的人,我当初既然已让他们两人化干戈为玉帛,那么现在我也想帮助宁非越过这道坎儿。至于宁非能不能提拔,那就看他的运气了。周小芳说,可是宁非如果上了,那你就得下来了,我听说这次只提拔一个,我还听说上次你已经下来过一次。我说,这要看人气了。爱情需要勇气,友情需要义气,亲情需要和气,干活需要力气,提拔需要运气。我说,你给调查组他们打电话吧,现在就打,告诉他们,你四叔就在医院这里。周小芳久久地盯着我,一把捉住我的手,你是个练武的,怎么你的手像女人的手一样柔软。我说,该硬的时候就要硬,该软的时候就要软,也不能时时刻刻硬着,哪能受得了,明白吗?周小芳说,我不明白!

周小芳拿了纸和笔,带我进到她四叔的病房。周志超躺在床上看一本杂志,见到我就坐了起来,我捉住周志超的手道,兄弟对不起,今天我才知道你病了。周志超张着嘴,竟没说出一句话来。周小芳拿来一只凳子,让我坐到床前,说我四叔讲不出话了,就把纸和笔交给他。我说,兄弟,伸出手来我看看。周志超就把一只枯瘦的手伸了过来,我摊开周志超的左掌看,把掌上的纹路看了一遍。我说兄弟,俗话说,有命不怕病,你中间这条生命线还能越过去。

周志超在纸上写道:感谢玖主任来看我,我的病我晓得,你这句话起码能给我半年的信心。

我说,信心比黄金重要,有了信心就能战胜一切。

周志超在纸上写道:你的这句话又给了我半年信心,我可以再活一年了,这样我就能见到我的儿子出世了。

我这两句话,都是废话,却让一个诚实的病人树起了信心。正要说出第三句废话,病房里进来了两个陌生人。周小芳主动对他们介绍道,这是我四叔,你们有什么要了解的就问他吧,不过他讲不出话来,他可以写在纸上跟你们交流。两个陌生人见到病房里有外人在场,就犹豫起来。我看出了他们的难处,就拿出手机来,当即打了邓院长的电话,我说303号病房有急事,请你过来一下。

邓院长很快来到,我说麻烦你安排一个单独房间,这两位领导要跟小周叔叔了解一些情况。邓院长说好的,就带周志超和两个陌生人出了病房。看到邓院长他们进了那间房,周小芳悄悄地扯了一下我的衣服,你跟我来,我们两人就进了另外一间房。

进到房里来,周小芳让我坐到一张电脑桌前。在显示屏上,我见到了周志超和那两位陌生人。他们让周志超面向他们坐下来。周小芳把一副耳机让我戴上,声音就传过来了。两位陌生人先做了自我介绍,然后说有人举报,2009年2月,平安乡府发动群众种植甘蔗,你以违反群众意愿为由拒绝种植,后遭乡书记宁非等人迫害,被捆绑押到街上示众,请问有没有这回事,请你如实向我们反映。你放心,你所反映的问题我们为你保密,并受法律保护。

一个人递给周志超纸和笔,周志超接过就在白纸上一笔一画地写起来。周小芳捏着鼠标一点，镜头对到那张白纸上：

　　余姓周，名志超，字素石，号礁夫，本县平安乡平安街人氏，
土命，农民，乃本乡书记宁非同志之"寄父"也。余"寄子"宁非同
志待余如亲生之父，敬爱有加，何来迫害之事？纯属造谣，诬陷公
仆。特此证明。

　　周志超写完后，就把纸条交给了那两个人。我还想看下去，周小
芳却把我拉了出来。在甬道那里，我问那间房是个什么房间呀，怎么
像电影里的监控室一样。周小芳小声道，不该问的就不要乱问。

30

　　我正想给潘老板打个电话，没想到他直接到我办公室来了。潘老
板开口就说，这次你不能再大意失荆州了。我说乌鸦嘴，一大早就讲
这种不吉利的话。潘老板说，我是文盲你不知道啊！我说文盲你还会
引经用典。潘老板说，小芳已经告诉我你的高姿态了，如果你不想就
此放弃，你就需要采取非常规的措施。我说那你认为该对谁采取措
施，潘老板说，还用问吗？阳教授。我说我已经给阳教授一座雕塑了。
潘老板说，那不算数，那是人家的创作所得，是合法收入，天经地义。
再说，一座雕塑算什么，要是宁非给他一栋楼呢。潘老板说，就给他一
个密码箱吧，我已经为你准备好了。一听到密码箱我就紧张起来，我
说，姚德曙就是因为这样一只密码箱进去了，我可不想成为姚德曙第
二。潘老板切了一声，别人也要密码箱为什么没进去，那只能说明姚
德曙运气不好，背气，倒霉。我说，一个密码箱也太多了吧，你打算装
多少进去？潘老板说，肯定是六位数。我问第六个数字是多少。潘老
板说，三。我说，一个副县长哪能值得这个数额。潘老板说这就说明平
哥你是闭塞了，孤陋寡闻了，不与时俱进了。以前三万就可以当宣传

部长,四万能当副县长,五万当副书记,六万就可以当县长了。现在不行了,物价上涨了,欧债危机了,一个实惠一点的科长都要二十万了。上届魏瑞萍为了击败竞争对手,就到农行贷款三十万元去摆平上层某个人物,是我的兄弟王明师行长亲口告诉我的,那笔贷款是他亲笔签批。魏瑞萍对王明师说她急用一笔钱,她那时不买房不买车,家里也没人生病住院,这笔钱她用作什么用途?王明师说魏瑞萍当上副县长后不久就还了那笔贷款。还有向龙耒,向龙耒的老婆开了一个采石场,向龙耒为了当上副县长把采石场的利润都用光了,那个采石场等于是帮人家开的,不过,现在向龙耒已经收回了成本。

我连续抽了三根烟后说,措施当然要采取,不过我不想送阳教授密码箱,那也太露骨了。潘老板说,现金不送,那就送实物吧,送他一块儿"江诗丹顿"怎么样?我摇了摇头。潘老板说,送我那辆"奔驰"行不行?我那辆"奔驰"还没跑完磨合期呢。我说阳教授他那辆"宝马X6"比你这老款"奔驰"时尚多了,他哪能看得上你这老"奔驰"。潘老板说,那送什么?给他在省城买一套房吧。我说,就是楼中楼也不要送,阳教授那栋别墅他都不经常住人。潘老板吞吞吐吐道,那,那要送游艇吗?我说,密码箱不送,手表不送,车子不送,楼房也不送,你现在就跟我陪阳教授到万岗库区去走走。潘老板瞄了我一眼,你要送一个留守妇女给他呀。我说,你一个老板怎么这样庸俗呢。

来到澄水河码头,我见到"忘不了大酒店"景孟老板,他正要登上一艘机帆船。我喊了一声,你去万岗吧?景老板回道,我去要鱼。我说我们也去万岗,坐我们的汽艇去吧。景老板说你们是去游山玩水,我是去办事,再说把鱼装在你那个汽艇回来还没到家鱼早就死了,我那船装有水箱还有氧气瓶。阳教授说,你怎么知道我们是去游山玩水,我们也是去办事的,而且是办大事,你知道吗?景老板没有理会我们,上他的机帆船去了。

我发动汽艇,阳教授疑惑道,是你开呀?我说,还有哪个开?阳教授说,你会开汽艇呀?我说,这有什么!就像开汽车一样。阳教授还是不放心,我告诉你和平,我可是个旱鸭子。我安慰他道,没事,你只管放心。

汽艇驶出澄水河,进入库区湖面。我在万岗当书记时,阳教授来看过我,但进入到库区湖面是第一次。阳教授一下子就被眼前的景色吸引住了,他拿着小型录像机不停地拍摄。我见到水面的网箱多了许多,估计是群众已跟餐馆老板们签了合同。菜园里还搭着彩条布,只是没有了桌子,里面堆满了一些加工成半成品的木料。游完了整个湖面后,我把汽艇泊到"愿者上钩"渔庄,景老板已经和老潘坐在那里的一张餐桌边了。

在等着你们呢,老潘招呼我道,景老板说你今天过来。我把阳教授介绍给老潘,说这是著名的大作家阳教授。老潘的手在衣服上抹了一下,才握住阳教授的手,欢迎阳教授到我们库区检查指导工作。我解释道,阳教授不是来检查工作,也不是来体验生活,他是来我们这里拍电视剧的。阳教授接过话去,是有这个想法,而且这个想法基本上在我的脑子里定型了。老潘说拍了电视剧,那我们万岗库区就在全国出了名了。阳教授说,那是肯定的,很多电影电视的拍摄景点,后来都成了旅游景点,这都是有案例的。我没见到老潘的老婆,就问道,老婆回娘家了?老潘说,到县里进鱼苗了。

早上没吃早餐,我觉得有些饿,端起饭碗就猛吃起来。一口饭刚咽下去,我突然感到一阵恶心,再吃一口下去,我急忙奔到屋外,哇地吐了一地。

你让鱼刺鲠住了?潘老板在后面拍着我的背部。我摇了摇头。回到桌边,我一口饭也不想吃了。阳教授问道,昨晚喝多了吧?我说,喝多了一些,我经常是头夜喝多了,第二天才吐出来。其实,昨晚我没喝多少酒。吃完饭,景老板装了鱼要开船回去。阳教授说,我们也回去吧,我看你脸色不对,回去检查一下,我这个人说话直来直去的,你别见怪,我认为突然呕吐不是什么好症状,但愿是你喝多了或者累坏了的缘故。我说老班长,今天跟你来到库区,除了配合你做好选景工作以外，还要请你看一样东西。我说老潘，请你把那间房子的拉闸门打开。

这间装着拉闸门的房子，别人一直以为是老潘的车库，其实里面藏着我的一件宝物。老潘把拉闸门提上去，所有人都惊愕了，呈现在众人眼前的是一匹马，一块由石头演绎的黑褐色的雄马。它是从500米深的河床下面打捞上来的。这匹马体长1.96米，身高1.59米。它是那样的惟妙惟肖，无可置疑。它的皮肤像绸缎一般光滑，它的嘴巴张开着，仿佛在嘶鸣，它的眼睛异常的明亮，在眺望对岸远处的群峰，它的四肢结实而强壮，它的生殖器是那样的生动，让你感觉到它在渐渐地膨胀，在渐渐地伸出……阳教授默不作声，他绕着石马转了一圈又一圈。突然，阳教授弯下身子蹲到地上，他在察看石马的右后脚跟。他说，你们看看，它的一只后脚跟在微微翘起。神奇，太神奇了，阳教授连连惊呼。我在旁边能感觉到他哮喘般急促的呼吸。我说老班长，你是属马的，这匹马非你莫属，我送给你了。送给我？!阳教授睁圆双眼。我说潘老板，你明天找来一艘机帆船，运来吊机，把这块红水河奇石运到县城，然后运到省城阳教授的别墅，矗立在门前的草地上。注意，这匹马的一寸皮肉一根毛发都不能损伤。潘老板回道，遵命。阳教授说，老九啊！你这个礼物太贵重了，我收受不起呀。我说，不就是一块石头嘛。阳教授说，你以为我是门外汉呀，这样一块奇石市场上可要卖几百万的。老潘随口说道，去年有个姓汤的福建商人出价五百万，玖书记都没开口。我说老班长，你别听老潘胡说八道，这石头嘛，说它值钱就值钱，说它是石头就是石头。

31

我跟周小芳坦白，那天我真的一滴酒也没有喝，我吃第一口饭就吐了。周小芳摘下口罩问道，恶心吗？我说有点。周小芳脸色骤变，说你吃东西了，现在只能先做肝脏、肾脏、心脏彩超和心电图检查，明早空腹抽血,再做食道肠胃造影和胃镜探视,又责怪道,你呀你,整天风风火火的,就不知道自己爱惜自己,你以为你是机器人啊!我从B超室出来不久,周小芳也跟着出来了,说肝脏、肾脏和心脏没看见有什么毛病。我说,就是嘛,我这身体能有什么问题呢。周小芳正色道,没看见不等于没问题,你还没检查完,明天还要抽血,还要做食道肠胃造影和胃镜探视检查。我说,我看那些检查都不用做了的。

回到特护病房门口,我看见组织部韦副部长骑一辆自行车过来。玖主任,韦副部长远远就打了招呼,我有事找你。韦副部长把车推到车棚那里,让车倚靠到另一辆车上,他那辆自行车的脚都没有了。在我的印象中,好像从未见过韦副部长坐过小轿车,他上下班或者出门办事都是骑自行车,门卫也一致认为,韦副部长进出县府大门时,他的那个"踏边"姿势最朴实最传统也最优雅。

我对韦副部长说,有事你打个电话就是了,哪里还要劳烦老哥亲自骑自行车来找我。韦副部长握着我的手说,只打电话我不放心,还要亲自见到你才行,我觉得这个事情得亲口跟你讲,当面传达。另外,我也想看望你阿妈一下,这段时间比较忙,一直没空过来。我说,那我就不知道该怎么感谢组织了。

母亲在昏睡,韦副部长在床前站了一下,从裤袋里掏出一只信封,塞到枕头下面。我上前拉韦副部长的手,被他轻轻地打回。出到外间会客厅坐下,韦副部长说,刚刚接到市委组织部的通知,请你明天上午九点到市委五楼会议室参加拟提拔干部任前谈话。

我两手摸着口袋,韦副部长已把一根烟递了过来,祝贺,祝贺!我说感谢老哥的好消息,明天我会在规定的时间到规定的地点去参加谈话。韦副部长说,这样的好事情怎么到你嘴里一出来就这样别扭。我笑道,此"双规"非彼"双规"。韦副部长刚走,县委办主任梁静的电话就打过来了,梁静说,老九,明天你是坐我的车去,还是你自己开车去?我这才知道梁静同志明天也要去谈话。我说坐你的车去吧,我给你当司机。梁静说这样不妥吧,一个副处级领导给我当司机,我享受不起。我说那回来的时候你开嘛，我也享受一下处级领导给我开车的待遇。

我来到常委楼工地，潘老板戴着那顶"绿帽"在忙着指指点点，我走过去提醒他道，楼越建越高了，一定要注意安全，你的质检员每天都要待在工地上。潘老板说，这我知道，只是你要提拔了，常委楼还没建好。我叉着腰向楼望去，这回是真正的望了，因为常委楼已经建到第八层了，就是潘老板让我选择我将来要住进的那一层。这当然是一种天真的想法，真要住进哪一层，那可不是我可以随心所欲的，那得由书记县长来安排，就像我不可能想当县长就能当县长一样。

张县长在办公室兴奋地拍着我的肩膀，他说这个消息，让我想起了小时候过春节的情形，听到别人家年猪嗷嗷的叫声我一点都不高兴，只有听到自家的猪嗷嗷叫我才高兴起来。这段时间以来，只有你今天的这个消息，才真正地让我激动让我高兴，这是本季度以来我最高兴的一天。明天晚上我在"步步高"等你，为你庆贺，又补充一句，小范围。

晚上回到病房，父亲还没来到，我一个人在会客厅坐着。我想起了姚德曙，是姚德曙的权力，让我母亲有了这样一间特护病房；同样也是姚德曙，因为他入狱了，我这个副县长职位终于失而复得。我是应该感谢姚德曙的，当然姚德曙也曾经感谢过我。我决定在姚德曙案件进入正式程序后，到看守所去看他一次，给他送几瓶好酒几条好烟去，不管怎么样，我们都永远是朋友。我想起了我的两个哥哥，不知道他们归家的行程安排得怎么样了，尽管母亲身缠重痾，我没有心绪为自己的提拔而欣悦，我还是想把我的收获跟哥哥一起分享。我先打了大哥的电话。大哥在公司里，问了一句母亲病情如何。我说，阿妈的精神状态不错，一天都在等着见到你们。大哥说，归程安排没有改变，家里的事你就多费心了。我心里一阵激动，我说大哥你放心，我会全力照顾好阿妈的。心里一激动，我就把自己要提拔的事跟大哥说了，没想到被刘叔认为这是玖氏家族政治生活中的一件大事的事，大哥却一点也不感兴趣。大哥不以为然道，在美国一般是没有一技之长或者黔驴技穷的人才选择从政，比如加州州长施瓦辛格，是演戏演不下去了才竞选州长。在美国，从政并没有什么特别显赫的名声和地位，美国没有什么领导干部，那些公职人员只不过是一群 Government Officer(政府机关服务人员)，就像加油站里给车子加油的服务生一样。一个州长的工作不是到处去检查指导，而是去给人家当证婚人，还要看人家同意不同意。大哥毫不隐瞒他的激进观点，他说中国很多年轻干部心术不正，一心想着往上爬，捞取政治资本继而为自己谋取利益，在官员队伍中隐藏着投机钻营沽名钓誉的野心家。我当即反驳道，你的观点是片面的是狭隘的，你长期远离祖国，根本不了解祖国的国情，中国绝大部分的官员是清正的是廉洁的，是把从政当作施展才智报效国家的一个重要途径，这一点是应该肯定的。我还想教育一下大哥，可是大哥早已收线了。我本想再给二哥打个电话，一想到大哥这样的态度就干脆不打了。

早上，周小芳在医院门口拦住我，吃了早餐没有？我说吃了。周小芳说你怎么忘了呢，今早要抽血的。我说 B 超不是没有什么问题吗，还抽什么血？周小芳虎着脸道，我说抽就抽。我说好好好，不过我今天抽不了，我要去市里谈话。

32

我和梁静在规定的时间赶到市委会议室，里面已经坐了十几个人。我坐到一个角落里边去，那里正好有一个空位。邻座扭过一张熟脸孔，原来是市社科联的章副主席。我记得章副主席和姚德曙一起公示过，拟提拔为正处，怎么拖到现在，跟我们挤了这趟末班车。章副主席看出我的心思，小声告诉我道，有人把我告到市纪委，说我利用主办的一份内部刊物发表论文收取赞助费私设小金库。事实是发表论文的人根本就没有给市社科联一分赞助费，是他们主动要求市社科联多印几百册杂志给他们赠送朋友，多印的那些杂志的印费他们直接汇到印刷厂，根本就没经过市社科联的户头，市社科联也从未收取他们一分钱，还给他们发了稿费。章副主席骂道，×他奶奶的！这年头做善事还挨告状，胡作非为的倒逍遥自在，那些花钱像扭水龙头的单位不去查，倒查我们这些前列腺炎部门。我问章副主席什么叫前列腺炎部门。章副主席说，就是说我们这些单位用一分钱像排一滴尿一样困难。我心里充满了同情，河边社科联那个周主席也整天叫穷。谈话逐个进行，黎书记亲自一个一个地谈。我大概数了一下人数，估计谈到我的时候，可能要到下班时间了，没想到谈了两个人后，联络员就叫到了我的名字。

黎书记依然一脸的疲倦，脸色似乎比以前更黑了。黎书记亲切地招呼我在他对面的椅子上坐下来，递过一支烟。我急忙接过，我说，抽书记的烟实在不好意思。黎书记说，烟就是烟嘛，还分什么书记烟，你看这盒子上就写"中华"两个字，又没写什么"书记""市长"的。黎书记再一次表扬我在处理水泥厂料场崩塌事故中所表现出来的勇于承担责任的态度，然后就转到正题上来。黎书记说，这次经过常委民主票决，把你提拔到副处级领导岗位上来，这是对你这些年来表现的充分肯定。黎书记说，还是继续你的办公室老本行，到县委办接替梁静同志当主任，梁静同志到政府来填补姚德曙的空位。我以为填补姚德曙空位的是我，没想到只是当了个主任。县委办主任虽然是个常委，但不比副县长有实权，用姚德曙的话说不比一个局长实惠。姚德曙说上届某个兄弟送了四十万，以为能当上副县长，结果只当人大副主任，在谈话后的宴席上，这位兄弟当场摔烂了四个酒杯。还有一位兄弟拿房产证到银行抵押，贷了三十万送过去，结果只得了个政协副主席，如今任期即将届满，那本房产证尚未拿回来。黎书记说，虽然同样是办公室的工作，但位置不同了，任务更重了，希望你继续发挥聪明才智，把参谋助手的角色发挥得更出色，不要辜负组织的信任和人民的重托。我不断地点头，表示深刻领会，坚决贯彻落实。黎书记叮嘱道,公示期间言行举止要特别注意,尤其是不要摆席设宴大吃大喝。黎书记最后问道,有什么困难和要求吗?我说感谢组织的培养,感谢黎书记的奖掖,你的教诲我铭记在心,困难肯定有,但我知道我该怎么做,怎么做好才能报答组织,报答人民,报答你。我和黎书记握手时说,我有个要求。黎书记说,你讲。我说,无论有多忙您一定要保重身体注意休息。黎书记亲昵地拍着我的肩膀,你是真正关心我健康的人。

张县长好像已经掐好了时间,我和梁静一回到河边,他已经在"步步高"迎候了,迎候的人群中还有阳教授和潘老板等一帮朋友,并不是张县长所说的小范围。进桌不久,电视新闻就播出来了,最后一条新闻是市委拟提拔干部的公示。市社科联章副主席排第一个,我排最后一个。正吃着饭,手机在裤袋里振动起来,周小芳发来一个短信:速回病房,阿婆心律出现异常。我复了短信后,抱歉地对张县长说,老妈情况有些反常,我先告辞了。众人急忙送我出包厢来,阳教授叮嘱我道,老九,有什么情况一定告诉我。

父亲在病房里进进出出,玖雪雁伏在母亲床前嘤嘤地哭泣。我扑到床前,说妈,我回来了。母亲睁开眼睛,望了我一眼说,和平,妈感觉不对劲了,把妈送回老家去吧,让我的灵魂归宗入祖。我哭着说,妈,我听你的,你要坚持,哥哥他们就要回来了。说着摁了床铃,不一会儿,周小芳站在我身后。我把她拉到外间小声问道,还有什么办法?周小芳摇了摇头,没有什么办法了。父亲出来哽咽道,你妈要求回去就送她回去吧,我们老家的风俗习惯是入土为安,是允许土葬的。父亲说,不过我建议现在就回去,因为按照医院规定,你妈一旦咽气就只能送太平间了……以后,你们也把我送回去,就埋在你妈的旁边。

爸,你别说了!

我凝视着父亲,发现父亲又苍老了许多。

我找到邓院长,邓院长悄悄落实了一辆120救护车。接着又打潘老板的电话,让他开车过来,先送父亲和雪雁回老家去布置好家里的一切,再把两个哥哥的电话号码写给堂妹,交代她分别给他们打去电话。堂妹问,跟他们说什么呀。我告诉她,就说我们回老家了。

后半夜,我把母亲抱上救护车。周小芳背着一只救护箱,站在车外犹豫着,我对她说,你上来呀。

一路上,母亲不断地问我,和平,我们现在到哪里了?黑咕隆咚的夜里,我凭着记忆给母亲说出那个地方的地名。母亲说,大炼钢铁时,我和你爸每天就走过这里去林场砍树。你爸呀,那时候他总是吃不饱饭,每天厚着脸皮来问我,包里还有没有红薯。

进家后,母亲平静地说了一句,我终于回家了。

33

我们在凌晨时分被母亲召到床前。父亲抓着母亲的手,抽噎道,有什么交代你就说吧。母亲盯着父亲道,我走了以后,得有个人照顾你,你可以请个保姆,一个月给她千把块钱,你有工资,这个工钱你付得起。至于以后保姆会不会睡到你的床上去,只有天知道。你看电视里面,有些保姆最后都睡到了主人的床上,如果这样,你不妨目测一个身体好的又无牵挂的主儿,名正言顺地把她续进来,我没有意见,但是你必须征得三个孩子尤其是和平的同意,不然到时候一张脸孔扭过这边,一张脸孔扭过那边,你就过不下去了。俗话说,打仗亲兄弟,上阵父子兵,这个道理你比我懂,到那一天你和我一样,两腿一伸,僵尸一具,抬你上山去还得和平他们。父亲号啕道,我不要,什么人我都不要。玖雪雁把头埋到母亲的肩头,浑身抽搐着泣不成声,母亲具体对她说了什么,我没有听到。

和平,母亲摸着我的脸,妈耽误了你的前程了,要不是因为妈,你现在也在美国了,妈心里一直内疚……这句话母亲不知重复多少遍了。妈!你别这样说,我抓着母亲的手道,我已经去谈话了,准备提拔当县委常委、县委办主任了。母亲脸上闪过一缕笑容,妈祝贺你了。母亲拉着周小芳的手道,小周,你是个好女孩,也是个好医生,阿婆感谢你这段时间以来的照顾,阿婆在那边保佑你一生吉祥平安,你再给我打一针好吗?你的针一打我就不疼了。周小芳脸上淌满泪水,一个劲地点头。

周小芳在桌上打开那个小纸包,小心翼翼地把那东西倒进一只安培里,拿着针头往里边注入盐水,再抽到针筒里。周小芳用橡皮管绑着母亲枯瘦的手臂,轻轻地拍打着母亲的血管。很快,周小芳就把针筒里的液体,注射进母亲的静脉。母亲张着嘴,呼出一口气来,这口气再也没有收回去,嘴巴就那样张开,两眼紧盯着帐顶,仿佛在盯着帐顶上的某一个破洞。父亲俯下身子,把嘴凑近母亲的耳畔,实在顶不住了,你就先走吧,世平、友平他们已经在回家的路上。母亲听罢,安详地闭上了双眼。

母亲终于没能跨过农历"鬼节"七月十四(桂西北少数民族节俗)这一道坎儿,没能等到远在异国他乡的两个儿子儿媳和她的两个孙子。她在七月十三这一天的凌晨,平静地走完了她七十七岁的人生。母亲神态安然,脸上没有一丝痛苦的表情。屋外,砰的一声巨响,堂兄烧了一枚爆竹,那是禀报上苍,慈母已驾鹤西去。

堂妹从县里回来时,带回了两个哥哥的消息,他们都没有购到预期的机票,六天后才能飞到北京汇合。一天、两天……父亲一遍又一遍地数着指头。最后,我和父亲商量,不等哥哥他们了。母亲入殓后,刘叔就来到了,他是我母亲葬礼的道公,而且是这场葬礼唯一的道公。几个月前给母亲"补粮"的是刘叔,今天来给母亲送行的依然是刘叔。村里举办葬礼道场,一般都是八个道公八个师公,但我只请刘叔一人,我认为一个刘叔就够了。我对刘叔充满了信任和期望,刘叔给母亲"补粮"后,母亲的生命至少延长了两个月。这次由刘叔来给母亲送行,母亲一定能够顺利抵达目的地——天堂。

远近亲族闻讯后,陆续前来奔丧。在母亲棺材的左边坐着的是我、堂兄和潘老板,右边坐着玖雪雁、堂妹和周小芳。有母亲娘家的人来，我们就跪在地上叩头。母亲入殓后，我让周小芳先回县城，说你的任务已经完成。周小芳说，我不回，如果潘老板回去我就回去。她叫堂妹也给她拿来一身孝服，我小声说，你没必要穿的，这身孝服与你的身份不相符，你知道吗？周小芳反问道，潘老板是什么身份，他穿得我就穿不得吗？玖雪雁瞪了我一眼，过来拉着周小芳的手坐到棺材边去了。

道场依时开始，刘叔坐在一只凳子上，一手翻着唱本，一手敲着小铜锣，和着节拍轻轻地吟唱：

> 死别诚难忍，生离实亦伤；
> 子出关山外，母忆在他乡。
> 日夜心相随，泪流数千行；
> 如猿泣爱子，寸寸断肝肠！
>
> 慈母恩深重，恩怜无歇时；
> 起坐心相逐，近遥意与随。
> 母年一百岁，常忧八十儿；
> 欲知恩爱断，命尽始分离。

一句经文是一个场景，一段经文是一幅画面，它们像黑白电影里的镜头，一段接一段一幅接一幅地重叠在我的眼前。在那间阴暗的小房里，羸弱的母亲挣扎着爬起来，一口咬断了那根缠在我脖子上的脐带。正是母亲的那一咬，捡回了我的这条生命；在河中的宿舍里，鞋面沾满黄泥的母亲从裤兜里摸出一沓带着体温的钱币递过来，为了能让我多用一分钱，母亲连一块七角钱的车票都舍不得掏，硬是从乡里徒步走了四个钟头的山路赶到县城；在省城火车站，母亲牢牢地抓着我的手不放，仿佛我这一走就再也不回来；在乡下抗洪救灾前线积劳成疾的我躺在村部卫生所里，母亲一身泥水出现在我的面前，给我送来鸡汤鸡蛋……刘叔唱罢最后一段经文，我已经哭成了泪人儿。

村坳口驶进一溜车子，我看见第一辆车子就知道张县长来了，我急忙戴上草帽出门去迎接。接着阳教授、宁非、邱局长、胡校长等一帮朋友相继从车上下来。张县长紧握着我的手，关切地道了一声，节哀顺变。阳教授一身素装一脸肃穆，他握着我的手说，普天下的孩子都要面对这样一天，请多保重。我一一地与他们握手，一遍又一遍地重复，谢谢！谢谢！人群里突然出现老潘和阿三及阿三的一帮徒弟。我过去跟他们握手，说大老远的路又不好走，你们没必要来的。阿三说最应该来的人是我们，你妈就是我妈。

进到家里，张县长与父亲及玖雪雁握手，然后率众人列队站在母亲的遗像前上香，行三鞠躬礼。礼毕，我招呼张县长他们在厅堂那里坐下喝茶，我发现阳教授、宁非、邱局长、阿三及他的徒弟们已是一身孝服，分别坐在了母亲棺材的两边，原本相对孤单的孝男孝女队伍一下子壮大起来，在母亲娘家的人面前给足了我的面子。我心想，那些位置原本是我的两个哥哥嫂嫂和侄子他们坐的，可是，他们连飞机的座位都没有坐上去。

一辆面包车悄然驶进村子，停在屋前临时停车场上，从车上下来三个人。这三个人没有进到家来，而是让人把玖雪雁叫了出去。玖雪雁出去后，就被叫上了面包车。面包车没有开走，而是停在原地不动。

不久，玖雪雁从面包车上下来，邱局长接着被叫到车上。玖雪雁慌慌张张地跑到我跟前说，调查组……来……来调查我。我训斥她道，什么事把你吓成这个样子。玖雪雁说，调查组问我，是不是有两个外地考生的户口落到我们家的户口簿上。我一听，就明白发生了什么事情：公示期间我被人告了，调查组正在核实。玖雪雁对我说，我跟他们讲了，这事是我一个人所为，是我自己去找公安局户籍科办理的，跟我老公没有关系，我老公也不知道这件事情。站在旁边的胡校长听明白了，他说不就是邻县蓝景和蓝邦元这两名考生吗，他们转不转户口都没有关系，他们的分数都超过了军校录取分数线三十多分，不用加照顾分都超线了,又不占我们县一个名额、一分照顾分,我去跟他们解释。我拦住他道,别乱来,他们叫你去你才能去。

邱局长从车上下来,一只手指不停地抹着另一只手指,他那只拇指粘了红印泥。我在心里偷偷地乐了一下,想不到这家伙平常所干的活儿终于让人干到了自己的头上。平常都是他让人家摁指印的,今天终于有人让他摁指印了。邱局长见我一脸坏笑就说道,你还笑呢,革命革到自己的头上来了,记住啦,等下要是问了你,就说这事你不知道,口供要一致。阳教授在一旁说,还要什么口供?我给胜亮书记打个电话,叫调查组马上走人。阳教授打完电话不久,面包车在刘叔的吟唱中悄然驶出了村子。

次日一早,村道两旁的树上缠满了白色的布条,那是亲戚朋友们离去时缠上去的孝布,树木寄托了他们的哀思和同情。当母亲被抬进棺材,盖板轰隆一声盖上去时,我以为是劳累的母亲暂时躺下来歇一口气;当装着母亲的棺材被推进坟茔时,天空淅淅沥沥地飘洒着雨水,我以为是母亲在下乡途中临时避进一扇岩洞。直到面对空荡荡的家,直到我在家中四处搜寻,再也找不见系着围裙忙前忙后的母亲。从这一刻起,我才真切地感觉到母亲永远地离去了。母亲的音容笑貌已经定格在墙上的镜框里,成为我永恒的思念和记忆。

给母亲做完"三早",门前的那棵柚子树上,又缠上了两条白布,那是潘老板和周小芳的孝布,他们含泪告别了我,先回了县城。我跟玖雪雁还要陪着父亲在老家住上几天,给母亲的灵位烧香。

34

我今生今世永远都不会忘记一个名叫"红砂"的地方。这个叫"红砂"的地方注定要永远储存在我记忆中了,那里有一处特别醒目的建筑,一个像撑着一把巨大的绿色太阳伞的加油站。加油站里,只有一名身着绿色工作服的青年服务生,类似于大哥所比喻的 Government

Officer。那天上午，我和梁静同志同坐一辆车子到市委组织部报到，车是梁静的座驾，开车人是我。从资源配置上说，这样的安排合情合理，一方出车，一方出人。从职务角度来讲，这样的安排也很妥当，一个新提拔，一个更上一层楼。我们要先到市委组织部报到，然后再由组织部的人送我们到县里来，在县里召开班子会议，宣布市委任命文件。梁静还要过一个程序，在人大常委会上选举通过。市委组织部的人也可能下午就跟我们下来，也可能过两天才下来，具体时间韦副部长没有说得很清楚，因为开四家班子会议，还要由钟书记和张县长来定。

我们来到"红砂"这个地方时，我的手机在裤袋里振动起来，接着梁静的手机也振动起来，我们两人同时掏出手机，同时贴到左耳上。开车的我左手拿着手机，右手握着方向盘。坐在副驾驶位上的梁静，他的右手有空闲，但那只手并没有空闲着，它协助左手托住那只硕大的"三星"手机。我们同时接到市委组织部干部科打来的一个电话，电话里同是一个内容：根据市委的通知，你们今天暂时不要来组织部报到，先返回原单位。我们两人同时搁下手机，两张脸同时扭到了一处。我说，不会是碰到什么重要会议或者重大活动，暂时推迟我们报到的时间吧。梁静说，不会，以我的经验判断，既然不让报到只能说明情况发生了变化，凭直觉，碰到这种事情一般都是凶多吉少。

找个阴一点的地方抽支烟吧，梁静说了一句。我把车子停靠到加油站附近的路边，两人同时从两边车门下来，同时从裤袋里摸出了烟，同时仰着头，望着天空。天空有一团乌云正在朝我们这边移动。一支烟还没抽去三分之一，几粒雨点迫不及待地落了下来。一粒雨点不偏不倚地滴在我的烟头上，那支烟立即灭掉了，我甚至听见了嗤的一声熄灭声。我叹一声道，真是应了老人常说的那句话：雨点落进了枪眼儿里。我说，我怎么就这么倒霉呢，同在这片天空下，雨点不落进别人的枪眼儿，为什么偏偏就落进我的枪眼儿里？

还有我。

梁静纠正道。

我说，可是你的烟并没有熄灭。我说的是实话，梁静手里的香烟依然燃着。这也正好符合梁静的实际，纵然他当不了副县长，但他依然是常委，依然是副处级领导干部，而我这一熄灭其情形就不一样了，我连副处级都还不是。

雨点引来阵雨，阵雨由远及近，我们急忙躲进车子。我调头时竟然把车子开进了加油站，服务员过来问加几号油。我猛然清醒过来，轰了油门就把车子开上来时的路。

梁静说，脑子进水了？

我拍了一下脑袋，真是进水了。

梁静掏出手机，想了一下，就拨了一个号码，没想到这个电话一下子就把答案翻出来了：昨天上午，市里召开领导干部大会，市委原书记黎胜亮因涉嫌经济问题被"双规"，新任市委书记当天到任。新书记一上任就指示冻结人事，梁静和我们这拨一起谈话一起公示一起拟提拔的人都被冻结了。

其实，有关黎书记被"双规"的传闻我早就听到了，那天库区阳教授突然对我说，胜亮同志遇到了一些麻烦。我问他什么麻烦，阳教授没有进一步说下去，而是说了一句：如果说这辈子我有什么失误的话，那就是看错了姚德曙这个人。跟阳教授交往这么多年，我第一次发现他说话含糊其辞。事实上，从姚德曙在他别墅里跪下的那一刻起，我就有了这个预感。姚德曙这个人在关键时刻，绝对是软蛋一个。那天张县长从市里开完领导干部大会回来后，阳教授的信息就得到了证实，但是我丝毫没有料到，自己的命运会因为黎书记被"双规"而被冻结。

回到县城，我把梁静送到河边大酒店。梁静是交流干部，在大院没有宿舍，目前就住在大酒店的临时宿舍，他要等到常委楼建成后才能搬出来。走出酒店，我来到澄水河堤上，掏出手机来发了一个短信：在哪？

宿舍。

能出来吗？

到哪？

"左岸"咖啡屋吧。

十分钟到。

我在"左岸"咖啡屋一个小包间坐下不久，一身牛仔打扮的周小芳就站在了跟前。我站起来，一只手轻轻一揽，就把她揽进了怀里。她一只脚跟轻轻向后一蹬，小包间的门悄无声息地关上了。我紧紧地搂着她，她的头埋在我的胸膛，我闻到了她一头的芳香。我的嘴贴着她的耳际，真想好好地吻你。吻呀！她踮起脚尖，仰着头闭上了眼睛，两片薄薄的粉嫩的嘴唇迎了上来，我喘息着双手捧起她的脸，将嘴唇贴了上去。我的嘴再次贴到她的耳际，真想带你到一个地方去。

去呀！

请坐吧！我的声音突然提高了几个分贝。

她对我笑了笑，双手拢着头发坐了下来。

我说，据说晚上喝咖啡会失眠。周小芳说，也不一定，经常喝咖啡的人就不会失眠。导致失眠的主要因素是神经过于紧张或者思虑过度导致了神经衰弱，绝大多数领导干部都不同程度患有失眠症，你经常失眠吧？我说我不是领导干部，所以很少失眠。不过，有时候我也会失眠，比如我特别想念一个人的时候。

周小芳说，我也一样。

我突然说了一句：给你介绍个男朋友如何？周小芳愣了一下，她对这个问题没有一点思想准备，一下子没有反应过来。良久，她问道，这是你今晚约我出来的目的吗？

我摇了摇头。

你真的舍得吗？

…………

说话！

周小芳催促道。

我说,你总得有个归宿,你不可能一辈子就这样过下去吧。

周小芳说,我怎么过那是我的自由,我想怎么过就怎么过。

我说,我倒觉得有一个人很适合你。

周小芳说,适合不适合我,我说了算,就像鞋子舒服不舒服只有脚知道。

康师傅你知道吗?

周小芳说,怎么不知道,就是方便面嘛。

我扑哧一声笑了,我说,这个康师傅不是那个康师傅,是平常跟着我的那个康秘书。康秘书在政府办资历最老,所以秘书们都叫他康师傅。周小芳说哦,我见过这个康师傅,这个康师傅我不喜欢,我怎么听怎么像电影《美国往事》里的那个黑帮人物"面条"。那个"面条"一天打打杀杀,还强奸妇女。再说,你把我介绍给别人,就不怕别人说你退货出门,把残汤剩饭施舍给别人。

冤枉啊!

我觉得一点都不冤。

你真是一只马蜂。

你说什么?

你真是一只马蜂。

周小芳说,你怕被蜇了是不是?我告诉你,一只马蜂并不可怕,可怕的是一窝马蜂。我说,你这一只马蜂已经让我胆战心寒了,我哪里还敢招惹一窝马蜂。周小芳说,别把人家想得那么坏好不好,哎,我问你,你是不是被哪只马蜂蜇过了?你被蜇得害怕了是不是?你说!我说,我小时候在乡下和小伙伴们玩耍的时候被马蜂蜇过。

你不老实,周小芳说,你这是偷换概念,你老实坦白交代,是不是被蜇过?我说,到目前还没有被蜇过,今后要是被蜇的话,那就被你这只马蜂蜇了。周小芳伸过手来,在我的脸上狠狠地拧了一下,我不但要蜇你,还要狠狠地咬你。周小芳说,我收到一个黄色短信,给你看看,就把手机递过来。我接过手机来看,信息上写道:做爱与做官的四大共性和四大差异是什么? 四大共性是:做爱与做官都有快感,都很累人,都有力不从心的时候,都不想下来。四大差异是:做爱要赤裸,做官要伪装;做爱出热汗,做官出冷汗;做爱可上可下,做官下来就难上了;做爱要照顾对方情绪,做官哪管他人死活。我把手机递给周小芳,我说,小芳,我下来了,怕是很难再上了。周小芳问怎么下来了,我说半途下来的。周小芳说,那是早泄现象。哎,你不是去报到了吗,怎么又下来了。我就把市委黎书记被"双规"的事跟她讲了,我说,我们这一拨已经提拔的人都被冻结了。周小芳长叹一声,现在的官场怎么这么复杂?我说世界上所有的政坛都一样复杂,泰国总理人还在国外开会,家里人已经把他的位子拿掉了,连国都回不去。周小芳安慰我说,来日方长,这次下来了,下次再上去嘛。她摸了摸我的脸颊,顺其自然吧,健康快乐比什么都珍贵,记得安排时间把没检查完的内容继续检查完。走出"左岸"咖啡屋,我拦一辆"三马仔",叫周小芳坐上去。周小芳说这么晚了,你就舍不得送我一下。我只好坐上去,到医院大门,两人下车来,我付了车费就不走了。周小芳小声道,进去坐一下吧。我两人就同时进了大门。走在林荫道上,周小芳靠上来,挽住我的胳膊,把头靠在我的肩上。来到草坪那里,我停下脚步,我突然看见一个人影,那个人坐在一只布椅上。我揉了揉眼睛,那个人影一下子不见了。我朝住院大楼一楼望去,见到那间特护病房的灯仍然亮着,像母亲还在时那样亮着。我问周小芳,那里住着新的病人了?周小芳摇了摇头,我每天晚上都把灯开着。我进到特护病房,在母亲睡过的病床前站住了。床上依然是母亲生前的摆设,两只枕头垒得高高的,只是没了母亲的身影。我出来坐到客厅的沙发上,两行泪水顿时像断了线的珠子扑簌簌地滚落下来。我想起母亲灵堂前我亲笔写的那副挽联:

难禁千行泪水今夕怜子成孤,

欲呼一声阿妈从此无人应答。

我泪水滂沱地对坐在一旁的周小芳说,小芳,你回宿舍去吧,我一个人在这里最后陪母亲一个晚上,这间病房还有我妈妈的影子,刚才我看见了。

35

我和我的同事们尽管有了预感,但还是没想到市委很快就对河边县政府主要领导做了调整。张县长调任市民族局党组书记。新任县长姓余,当然还是代县长,但我们不叫那个"代"字,就像同志们不叫我"代主任"一样。张县长表面上是平调到市里,实际上是降级了,当然也算是软着陆了,要不是那份会议纪要,张县长怕是连帽子都没有了。张县长是个典型的"台阶式"干部。所谓"台阶式",就是一级一级地上来,而不是"坐直升机"突击提拔或者破格任用。张县长高中毕业后从生产队指导员干起,二十出头当公社革委主任,在当到县长之前经历了宣传部长、组织部长、纪委书记、常务副县长、县委副书记等所有重要岗位。到副书记这级台阶时,张县长就停滞不前或者原地踏步了一段很长时间。有一届已经明确他为县长候选人,并已选上省人大代表,换届前一个月,却出乎意料地从邻县来了一位县长。到了第二届时,当我们毫无疑问地认为他就是县长时,再次出乎意料地从市直机关派来了一名县长。就在我们感叹岁月不饶人,张县长已过了提拔年龄段的时候,张县长出乎意料地当上了县长。为此,一些经历稍有坎坷的干部,谈起张县长的成长历程,顿感自惭形秽,都觉得自己那么一点点挫折根本就不算是挫折,只能是行走时不小心磕了个绊,顿然看到光明,曙光在前。我们都以为张县长任满这届后就接替钟书记,当上县委书记,哪想到他却从此赋闲,基本上算是退出了政坛。

我来到政府办,直接去了张县长的办公室。张县长的办公室已被收拾得干干净净,秘书小何正站在一张椅子上,踮着脚尖要把墙上那幅"既来之则安之"的字画取下来。小何已经取下了镜框一边的钉扣,正要从椅子上下来移动到右边的位置,突然哐当一声,那只镜框从墙上掉了下来,重重地落到地板上,镜框上的玻璃碎了一地。小何从椅子上跳下来,脸吓成了猪肝色,他弯下腰去要取出框里的那幅字。

别碰!我对小何说道,小心玻璃割了你的手。我找来笤帚,把碎玻璃扫到墙角,然后掏出打火机,把我讨厌的那幅字点着了,最后墙角那里只剩下一只歪斜了的框框。小何指着那个框框问我,怎么办?我说,既来之则安之。

三辆车子驶进河边大酒店,余县长从第一辆车子下来。余县长看上去只有三十来岁,戴一副眼镜,模样清秀斯文,就像个大学讲师。余县长一一地与每一位四家班子领导握手,每握一个人的手,余县长就说,认识,或者说,见过了。几乎每一位领导与余县长握手时都说这么一句:欢迎余县长来河边主政。也有个别表述得比较激动人心,比如向龙末与余县长握手时就说了一句:河边人民期待余县长的到来。余县长最后握住的手是我的手,余县长个头比我矮,他的目光落在我下巴以下某个不确定的部位。余县长说,你就是玖和平吧。我点头说是,我说余县长一路辛苦了。余县长说,听说你是河边乒乓球高手。我说,余县长才是高手。我知道余县长曾是省少年队员,去年拿过全省"公仆杯"单打亚军。

欢迎晚宴由钟书记主持,在一阵热烈的掌声中,钟书记首先请张县长讲话。张县长说,感谢钟书记的抬举,让我最后一次以主人的身份讲几句话。我真诚欢迎余县长来到河边接替我的职务,继续为这片土地的人民谋利益造福祉。余县长年轻有为,有魄力有开拓精神,相信他在河边干得比我更出色,希望在座的各位像过去支持我的工作一样支持余县长的工作。我是土生土长的河边人,在这片土地上工作了三十年,我走遍了河边的每一个乡镇每一个村民委。全县有人居住的七千六百七十一个自然屯,我走了六千一百四十五个。如今就要离开河边了,心里总有一种依依不舍之情,尤其是想到那些还没有走过的村屯,我真想一直走下去。今后我将会继续关注河边,心系家乡,再一次感谢各位同道多年来对我的帮助与支持。余县长接着讲话,他说,我首先祝贺张县长荣升更重要的岗位。我感谢组织的培养和信任,这次组织上把我调到河边来主持政府工作,我真感这副担子的沉重,我相信有以钟书记为班长的县委领导班子的坚强领导,有张县长打下的坚实的基础,有在座各位同仁的鼎力支持与配合,在全县各族干部群众的共同努力下,河边的各项事业将会取得长足的发展。钟书记最后请市委组织部龙副部长作重要讲话,龙副部长说,我就不讲了,要讲的话,我明早在干部大会上再讲,今晚都讲了,明天我还讲什么。

话不讲了,那就吃饭吧。

欢迎晚宴进行到最后,钟书记建议开辟第二战场,要大家转移到楼上的卡拉 OK 厅去唱歌。余县长说,歌就不要唱了吧,我建议大家健身去,现在不是提倡全民健身吗?我们打乒乓球去。

我先赶到球馆,布置场地。场地其实早已布置好,一场比赛正在那里打得难分难解,异常激烈,"加油"喊声一阵接着一阵。我打着手势对球友们说,大伙儿先休息一下,下面将有一场重要的比赛,请各位配合。说完我进到球馆更衣室,换上球衣球鞋,拿出球拍和毛巾,我意识到我跟余县长将会有一场恶战。我从更衣室出来时,龙副部长、钟书记、张县长、余县长他们已经来到球馆,个个都是一身职业运动员的装扮。球台两边挤了一些观众,主要是各部委办局的头头脑脑们。文体局的同志负责送水递毛巾,并负责在高潮时带头鼓掌喝彩。两张球台的裁判员也已各就各位,比赛可随时开始。钟书记和龙部长在一张球台对练,余县长和张县长在另外一张球台对打,我站在余县长和张县长这边球台观看。比赛一开始,形势就一边倒,具有一定基本功的张县长,压根儿不是余县长的对手,他每拉一个球过去,就被余县长凶狠地反拉过来。看那阵势余县长是当作正式比赛来打,一点情面也不给，拉过来的球又旋又冲，张县长只有捡球的份，且左捡右捡狼狈不堪，个别善于看风使舵的观众竟然喝起倒彩来。张县长有些不高兴了，只打了两局就提出不打了，也没跟余县长握手就坐到一边抽烟去。

余县长说玖主任，该我们打了。我说，余县长你先休息一下吧。余县长说，不用，我曾经创造过一项纪录，连续打五十五局不休息。

经历过重大比赛的余县长是有经验的，他走过来先看了我的球拍，确认我的球拍胶皮正面是"729"长胶，反面是"蝴蝶"反胶。我也看了余县长的球拍，余县长握的是横板，两面是"狂飙"反胶胶皮。一看球拍性能，我就知道余县长是快攻结合弧圈球的打法，我心里有底了。

两个对角对拉热身一番后，比赛正式开始。余县长首先发球，发了一台内短球，我一个吊打，余县长反应不及，扑救时差些摔倒，零比一。余县长再发一个急下旋，我反手横拉，拉到对角，余县长反拉落网。到我发球时，我用反胶连续发了两个逆旋转，余县长都接飞了。六比零领先后，我就彻底摸清了余县长的技术。余县长的撒手锏是发球抢攻，先发制人，但他发球的质量不高，不但无法抢攻，反而让我轻易破解，且偷袭成功。后面我所发的球，是转或不转的球，余县长根本摸不着头脑，不是摆长了，就是摆高了，我一板就能打死。我干脆不用长胶了，直接用单面反胶跟余县长打，并主动把球送到余县长的正手位，逼着他跟我形成相持，展开对攻。这一下更让余县长吃不消了，尤其是我突然变线反拉过去的前冲弧圈球，常常让余县长措手不及。整场比赛结束，大比分四比零，我干净利落地赢了余县长。我主动和余县长握手，说县长承让了。余县长一个劲儿地擦着汗说，我主要是不适应你的长胶球路。我说，好多人也是这样，刚开始跟我打也不适应，打久了就慢慢适应了。我心里面说，其实我前面只用长胶接了你的两个球，后面我用的是和你一样的反胶，四局球打下来了，难道你都看不清楚，判断不清楚。始终在场观战的张县长却看得一清二楚，他像教练一样递给我一瓶矿泉水,说你的反胶实际上打得也不错嘛。我喝着水,小声说道,关键是要看跟什么人打,跟什么技术类型打。

走出球馆来,叶副主任责怪我道,你怎么能赢余县长的球啊!我说不是打球吗?有什么该输该赢的,照你这么说,我们这些普通干部就不能跟领导打球了。叶副主任说,打球当然可以打,问题是不能赢球。

36

我的新县长余县长新官上任没烧什么火,也没发什么火,斯斯文文的他做的第一件事,就是率领我们政府系统这些局长主任们到看守所去开展警示教育。横亘在我们眼前的是高高的围墙,围墙上架着缠有钉钩的铁丝网。邱局长和副局长们身着制服在看守所大门迎候,大门前方是一个用十几米高的钢管围起来的"缓冲区",犯人即使侥幸逃出大门,也将被困在"缓冲区"内,插翅难逃。大伙儿每七八人一组,神色凝重地列队在"缓冲区"前,听邱局长交代注意事项。邱局长说,欢迎各位党员同志到看守所来检查指导工作,同时接受警示教育。原则上,我们是进去多少人,出来多少个。站在我旁边的崔志田书记小声说道,那不一定,有一些人是应该主动留下来的。这话声音很小,但很多人都听见了。邱局长说,为了保证各位党员同志在看守所期间的安全和维护监舍的秩序,有几点要求需要强调一下:一是在监舍里不要单独行动,不能和犯人交谈;二是不能给自己的朋友或者亲属的犯人送现金和物品;三是犯人在作现身说法的时候不能鼓掌,到余县长的时候大家就可以鼓掌了。有人抿着嘴笑,邱局长这个表述不是很准确。邱局长说完后,我们首先进入到"缓冲区"内,像一群鸟进到了笼子里面,人人脸上一派默然。大门轰隆一声敞开后,我们从"缓冲区"内步入看守所。通向监舍是一段长长的斜坡路,大伙儿一路默不作声,社科联主席老周一面迈步一面说,同志们放轻松点,别那么紧张。老周当然不紧张，他那个单位一年的办公经费只有一千元，老周就是全部独吞都构不成立案。

到了监舍，所有的门都敞开着，里面没有一个犯人，犯人们都劳动去了。大伙儿纷纷拥进卫生间去方便，唯有信访办主任韦宁一人站在外面抽烟。有人提着裤头出来问他，你肾结石吗？韦宁答道，我的肾好得很，我是怕习惯成自然，你们知道狗为什么每到一个地方都要撒一泡尿吗，那是它担心忘了来时的路。

我不是头一次进看守所，我曾经私下进来"调研"过一次。我帮助看守所所长老陆把他的爱人韦老师调到县城后，"陆所"一定要对我表示一下，他送我一只信封我不要，他给我两瓶酒两条烟我也不要。"陆所"挠着脑袋说，无论如何我是要表示一下的，最后他说那我带你去看牢房吧，你想不想看？我说想。我说想的时候心里怦怦直跳。在此以前，监牢对我来说是个模糊的概念，监牢距离我是那么的遥远，现在监牢就在我的跟前。监牢和每个人之间的距离是不是一样呢？我在心里想着这样一个古怪的问题。在引领我前进的过程中，"陆所"的双手在裤袋里一直摸索着。我先看见岗楼上的哨兵，哨兵的脸在夜里有些模糊，但肩旁的枪刺却出奇的醒目。"陆所"从裤袋里摸出一串钥匙，打开了一道门，接着又打开一道门。"陆所"打开第二道门时指着墙上的铁线说，那是铁丝网，通了电的。"陆所"打开第三道门时对我说，进去吧。我拍着"陆所"的肩膀说，你进去吧。"陆所"嘿嘿一笑，对不起，说惯了。我进入第三道门时，忽然看见一张熟悉的脸孔。那张脸孔首先躲转了一下，然后就坦然面对我：你进来了？我正要回答，"陆所"在昏暗里吼一声：进什么进，领导是来检查工作的。"陆所"问我，知道他是谁吗？我想了一下说，是农行范佳贤行长吧。"陆所"说是他，快判了。我想起往昔与这位行长的几次接触，这位行长那时牛气冲天，都说快要提拔当分行行长了。接着我又看见几个经常在一起喝酒的熟人，他们过来很不自然地跟我握手。这时，我听见范行长在向"陆所"乞求：给二两吧。"陆所"说一两也不能给。范行长说，今晚你起码喝了一斤,给我二两都不行。"陆所"火了,我就是喝醉了,你一滴也不能喝,这就是我和你之间的差别。走出铁门,我看见围墙上空悬着一弯钩月,格外的矮。我突然问"陆所",监狱里有酒喝吗?"陆所"说有酒喝那是酒吧,就不是监狱了。

从监舍出来,我们来到犯人的劳动场地。犯人们几个人一组在用竹藤和草芒编织各种各样的篮子和篓子。河边盛产竹藤和草芒,用这些竹藤和草芒编织成的各种工艺品远销欧美等地,成为河边重要支柱产业之一。农闲时期,家家户户都从事这项编织以增加收入。看守所里的犯人,主要的劳动内容也是编织。这些篮子和篓子不能随意编织,是按模具来编的。那些模具有些像鸭子,有的像羔羊。农民犯人干起这种活儿来往往得心应手,十几根竹藤到他们的手里,一下子就能变成一只只活灵活现的"鸭子"或者"羔羊"。干部犯人就有些吃力了,他们一个个笨手笨脚的,有的瞎忙一个上午,连一只"鸭子"的头都编不出来。所以啊!干部如果不当干部了,除了会指手画脚以外,什么事情就都干不了。

我突然看见了姚德曙,我原想是要送给他烟酒的,但规定不允许。剃着光头身着号服的姚德曙,脸还是那张圆脸,剃了头后那脸看上去似乎比原来更圆,只是他的身躯不再那么臃肿或者伟岸。姚德曙不在加工场地编"鸭子"和"羔羊",而是在仓库那里负责检验登记劳动产品。我悄悄地问"陆所",姚德曙是不是表现得比较好,得到特殊照顾。"陆所"说姚德曙是什么都干不了,所以只能让他当负责人。"陆所"说这叫人岗相适,使用干部要这样做,管教犯人同样要这样做。其实姚德曙的活儿一点也不轻松,他除了登记,还要对成品检查验收,不合格的成品是不能入库的。姚德曙对成品检验很认真,凡不合格的成品,姚德曙一律列为废品,重新返工。姚德曙虽然不会编织,但他能够对照模具检验出这件成品合不合格。姚德曙的工作态度和责任心,让"陆所"很放心。

女性通常比男性细心,姚德曙也以为她们编织的工艺品会比男犯人的精致，但姚德曙很快发现，很多女犯人送检的成品都不合格。细心并不是所有的女性都具备。女犯人都知道姚德曙认真，送检时就借助自身优势要些小聪明，往往一只"鸭子"还没递过来，胸前一对扑腾的"鸽子"先扑过来了。姚德曙看都不看那对"鸽子"一眼，眼睛只盯着她们手里的"鸭子"。女犯人们纳闷了，姚德曙在外面花心是出了名的，难道进到看守所里边就枯萎凋谢了。姚德曙也有网开一面的时候，比如对熟人朋友送上来的"鸭子"和"羔羊"，虽然没有一只是过关的，但他还是接收了，过后他亲自出面请求那些农民犯人再帮忙加工一遍。

姚德曙也看见了我，他站那里叉着腰道，平哥，你看，领导的命就是领导的命，我在外面当领导，到了里面我还是当领导。我想起邱局长的交代，不敢跟他说什么，当然也不可能说什么，暗暗地摆了摆手就走过去了。姚德曙的案已经判了，本来是要重判的，后来有重大立功表现，就判了八年，因为刑期不是很长，就在看守所这里服刑。姚德曙的重大立功，据说是举报了某个重要人物。

姚德曙由一名法警带到警示大厅作现身说法，邱局长对他的身份作了一番介绍后，姚德曙朝我们深深地鞠了一躬，从裤袋里掏出一张纸条念了起来：

"各位党员领导，今天，我作为现身说法的反面典型，内心有说不出的痛苦和悔恨。我之所以痛苦，是因为自己虚荣和贪婪，想得到更多物质上的东西和生理上的满足。想和那些人一样，拥有豪宅名车和美人，结果却把自己奋斗了半生所得到的全部都毁掉了。如今的我，除了拥有一个罪犯的身份，什么都没有了。我犹如笼中之鸟，仰望天空，有翅难飞。笼中之鸟尚有观赏价值，可我一文不值。我之所以悔恨，是因为党哺育我几十年，把我从一个放羊娃培养成为一名县处级领导干部，最后却沦落为人民群众深恶痛绝的腐败分子。我也曾经拥有过辉煌的人生，二十多岁当上乡镇长，三十多岁当上主任，四十多岁当上副县长。我也曾经有过一个幸福的家庭，有一位善良贤惠的妻子，有一个勤奋好学聪明伶俐的女儿。可是现在我却无颜面对她们，无颜面对我年迈多病的父母。假如我能加强政治理论和法律法规的学习，树立正确的世界观人生观和价值观，老实一点，谦虚一点，低调一点，廉洁一点，我就不会在灯红酒绿中在迎来送往中迷失方向，葬送自己。总结自己犯罪的根源，首要原因是放松思想改造。随着职务的升高、环境的变化、权力的扩大而产生了强烈偏差，不由自主地放松了对自己的严格要求，放松了学习与自我改造。面对社会上的腐败现象，没能把持住一个共产党员应有的道德操守，筑牢人生的防线。错误地认为腐败现象是当今社会的正常现象。你不贪，别人也会贪，有职有权的人个个都在贪。于是利用职务之便中饱私囊，从而付出了惨重的代价。导致我堕入犯罪深渊的另一个原因是没有过好美色关，改革开放以后，面对个别社交场合令人眼花缭乱的纸醉金迷的生活，我心安理得地接受宴请、桑拿等特殊服务，尤其是认识了河中那位女老师之后，我以为找到了真爱，便不顾一切地要求离婚。我的一位同事发现我的这些问题之后，曾通过各种渠道对我旁敲侧击地提醒过，可是我就是充耳不闻，一意孤行。大千世界，无奇不有，就是没有后悔药。如果有，我愿用我的后半生去换取。然而过去美好的一切，从我走进这高墙的那一天就已经无情地画上了冰冷而凄凉的句号。金钱再也买不回往日的自由，买不回温馨的家庭，更买不回我内心的安宁。在遥遥无期的悔恨中，我唯一能做的只有改造革新，重塑灵魂。姚德曙抬起头来，像往时作报告时展开了话题，他说，这些日子我总结出一些人生的感悟：当你无所图时，就不会上当受骗；当你无所求时，就不会受制于人；当你不想占小便宜时，就不会吃大亏。"

姚德曙最后说，我在这里赠送各位党员一句话：我们来到这个世界本来就没带来什么，那我们又要从这个世界带走什么呢？姚德曙再深深地鞠了一躬，就被干警带出去了。我听过姚德曙几次报告，觉得他这一次报告是作得最精彩的。

余县长从第一排那里站起来，他没有上到姚德曙刚才站过的讲台，而是转过身来站在原位。余县长说，我突然想起"生活"和"邪恶"

这两个英语单词来,"生活"的英文叫"Live","邪恶"的英文叫"Evil"。我惊奇地发现,这两个单词的英文字母的构成完全一致,只不过是次序刚好颠倒过来。是啊!颠倒的生活,就是邪恶。我想起一个罪犯在忏悔书上说过,他说关于党风建设反腐倡廉廉洁从政的报纸文件电视他没少看过,就是没到过监狱来看看,要是来看过监狱,他就是一分钱也不敢贪。所以,看守所我们要经常来,来体验来感受。很多作家就经常到监狱来体验生活,感受生活,我们当领导干部的更是要经常到监狱来,而且要形成一种制度,成为一种惯例,一种常态。来一次,警示一次,哪怕警示它一年半载也好,警示终生最好。

邱局长带头儿鼓掌,警示大厅掌声如雷。

37

我被余县长叫到他的办公室,要我给他讲述县府大门变迁的历史。我告诉余县长,从建县伊始到前届政府,河边县府大门不是现在的大门,而是南门。直到上届县长麦姐丽上任后,她才提出改大门,把大门改向新建成的沿江大道,面向澄水河,就是现在的东门。东门没建成之前,麦县长就让建设局(今叫住建局)把旧大门即南门的地皮卖了,换来东门的地皮。东门建成后,麦县长让园艺师在大门内的斜坡上搞了两个花圃。有一天,省城一个设计院的人来大院,站在大门那里望了一眼,随口说了一句,这哪里是县府大院,简直是烈士陵园嘛。这句话很快就在干部中传开了。传也就传了,这种话其实就像风一样传一阵就自然消失,偏偏这个时候,一个叫蒙泸州的保安在深夜里与两个小偷搏斗时英勇牺牲,干部们每天上班就感到有些不自然。加上每天上班要绕过沿江大道很不方便,干部们就产生了情绪。沿江大道由于资金不到位,路面仅仅铺了一层沙石,人车经过烟尘滚滚,干部们上下班时就骂麦县长的娘。麦县长改大门后,提拔到厅级的是彭书记,而她却进了监狱的大门。我说,旧大门也就是南门在封闭之前，大院虽然没出过一个部级干部，但历任书记县长包括革委会主任，个个都平平安安、颐养天年、寿终正寝，虽说不能流芳百世，但没有一个遗臭万年。

余县长说，你哪里是具体分析，你是借题发挥。我说，那我就不讲了。我觉得服务新县长就像驾驶新车一样，需要一个不长不短的磨合期。

余县长说，不！你继续讲。

我就继续讲，我说，张县长上任后，干部们就强烈要求恢复旧大门即南门。但是，恢复旧大门谈何容易，原大门的地皮已经卖给人家，所有手续都已办理齐全。各个行业要讲诚信，政府更是要做表率，不是想收回就能收回。张县长没有办法，就千方百计找来资金，把烟尘滚滚的沙石大道铺上了水泥，再把那两个花圃铲掉，植上台湾草皮，又从万岗库区运来一块红水河奇石，请来一位叫黄河的书法家模仿毛主席的字体在奇石上写了五个字：为人民服务。大院的人都叫那块奇石做假山，说山是假的，那为人民服务也是假的，说为人民服务不是写在石头上的，而是要写在心窝里。

余县长说，我现在就想依据干部的强烈意愿恢复原来的大门，你意见如何？我说，恢复原来的大门是正确的，是大势所趋、人心所向，如果按照风水来讲，本是个好方位，不过，这是迷信的东西，我就不讲了。余县长说，你讲，在我这里什么都可以讲。我说，那我就讲了，原大门的北面是白虎山，东面是澄水河，西面是高速入城大道，可谓是：右边白虎北联山，左有青龙绿水潺；若居此地出公相，不入文班入武班。可见，县府大院的大门也应该是南门，而不应该是现在的这个大门。当然，大门本身没什么错，要错只能错在那些建大门的人或者改大门的人。

余县长又问，有人说我们现在建常委楼的那块地皮，原先是清代县衙门的刑场，你掌握这方面的资料吗？我说，这只是传言，目前没有任何资料证实那里曾经是清代县衙门的刑场,就算曾经是个刑场,也是先有招待所,后有常委楼。正确的表述应该是,常委楼是建在招待所的地皮上,而不是建在刑场上。

余县长说,旧大门地皮为什么就收不回来?那家有什么背景?我说哪有什么背景,就是一个剃头匠,整天就在他家门前给人剃头。余县长说,按照市场价再给他翻倍的钱也不行吗?我说,这个问题张县长在任时,我去跟这个剃头匠承诺过了,他就是死活不答应。余县长说,我不相信拿下这个大门地皮,比打仗拿下一座高地还要艰难。我心里面说,张县长在任时就没拿下这个高地,因为那块地皮,张县长还换了两任住建局长,换了两个局长,那块地皮还是没拿下来。除非你余县长还有更高超的本事,我就不相信你敢动用警察,调来铲车,直接把人家剃头匠的房子铲掉。余县长说,这件事交给你来负责了,你协调住建、国土他们尽快落实下来。我说,我能有什么办法啊!余县长说,你用什么办法我不管,我只管尽快落实那块地皮,改回县府大门,这是对你工作能力的检验。我在心里说了一句,我的妈呀!可是,我的妈妈已经不在了。

38

我在半夜里被玖雪雁叫醒,她跟我说了一件事情。对这件事情我一点没有思想准备,就像中年男子"立领"找我去问话一样感到突兀。玖雪雁说,我下学期开学后就调省城二中。我忽地从床上坐起身来,你怎么有这样的想法?其实我知道玖雪雁不是现在才有这个想法,早在几年前,省城二中就想把她"挖"过去了。我曾对她说过,你不要跟风,如果你们几个带尖子班特尖班的老师都跳槽了,河边的家长们还有什么盼头?玖雪雁说,这回我是铁了心去了,我想换一个环境,给我们换一个环境,也给阿爸换一个环境,到了省城后,找一个保姆来好好照顾阿爸的生活。我点了一支烟,默默地吸着。玖雪雁说省城二中给我的待遇不错,在学校附近的小区无偿给我一套四居室,一百三十平米,还有车库。

我呢?

我掐灭了烟头。

玖雪雁盯着我道,你不是渴望像一只鸟一样飞向自由的天空吗?

我正经道,你别误会。

玖雪雁挨了过来,和平,我讲个现实的故事,你不会生气吧?我说,老夫老妻了,还有什么话不能讲。玖雪雁道,说是有一对公婆,老公那方面不行了,老婆就讥笑他,你简直就像一辆破车一样。老公反击道,什么破车,你给我开新路看看。我笑道,没想到你也会讲段子。玖雪雁说,还有一个,说是一对新婚夫妇洞房花烛夜之后,丈夫就不再碰妻子了。有一天,妻子主动提出要过夫妻生活。丈夫说这种夫妻生活哪能天天过,只有逢年过节才能过。玖雪雁见我没有反应就说,那我跟你讲一个严肃的话题,你不会生气吧?

讲吧!

玖雪雁说,和平,你不要抱什么幻想了,以我之见,你在政坛上是再也不会有任何机会了,这就像我们高考,第一志愿被退档后,第二志愿补录,补录再没有消息,那就只能等下一年再考了。你现在第一志愿已经被退档了,第二志愿也没有被补录,只能等到来年了。高考没有年龄限制,八十岁了只要健康允许你还可以去读大学,可是官场你能等到八十岁吗?据我所知,中央政治局委员到了六十七岁就上不去了,厅级干部六十岁也很难再上了。你现在四十五岁了,还只是个正科级,那些乡长书记都比你年轻很多,你就是满腹经纶,也拼不过他们。算了吧!和平,你不要想当什么官员了,我也不想当什么官太太,我们过另一种生活,过平民的生活吧。我们一起调到省城,你让阳教授帮一下,就到他那所大学去。你没职称,上课肯定上不了,但你是正牌硕士研究生,你可以从事大学的行政工作,工会工作或者学生处的工作都适合你,你的专长同样也可以在大学的办公室发挥出来。

我从床头柜拿过烟盒,取出一根叼到嘴上。

玖雪雁伸过手来,拔钉子一样拔出那根烟,别抽了,满屋子全是烟味,和你在一起,我都变成二手烟鬼了。我却另抽出一根烟来,点上了火,我说你去意已定,我就不再有异议,树挪死,人挪活。至于你对我的建议,我会认真加以考虑的,并把它提到重要的议事日程上来。不过,我目前还不能做出跟你调到省城的决定。我眼下只是暂时被冻结,冻结并不等于撤销了我的任命,而且我不相信,我就这样永远被冻结着。

39

我到球馆观摩一场少年乒乓球冠亚军决赛。我到球馆时,能容纳三千多人的球馆里座无虚席,场地正中·只摆了一张球台,现场架了四台摄像机,一台吊机,还有一个解说席位。此时比赛已经接近尾声,结果也没有多大悬念,穿红色球衣剪着平头的少年大比分三比一领先,现在进行的第五局已经是十比四了,他手里牢牢地控制着六个赛点。

比赛很快就结束了,颁奖之后,主持人大声宣布:下面要进行的是一场更加精彩的比赛,由我县原少年单打冠军、大学生运动会男子单打季军玖和平先生与新科少年单打冠军陈跃华进行精彩对决。听主持人一讲,我知道这位少年冠军叫陈跃华。我有几次来球馆打球时,见过这位十五六岁的少年,他每次来打球总是穿着红色球衣。那是国家队队服的颜色。这孩子球技不错,基本功扎实,相持能力强,无谓失误少,不仅同龄人没有一个能赢他,连几个成人高手上去拼了都败下阵来。我只是还没有机会跟他交手。

比赛开始,我首先发球,我连发了两个逆旋转球,陈跃华都吃了,二比零。到了陈跃华发球时,我就用长胶一面来接球,尽量摆得很短,让他无法提拉。他总是强行侧身,偏偏我摆得很短很低,就造成他屡屡失误。第一局很顺利,十一比四,我赢得很轻松。但到了第二局形势急转直下,陈跃华抓住我直拍反手的弱点,死死地压住我的左角,让我处于防守状态,同时频繁地调动我的两个对角,让我左扑右抢,耗费了不少体力。一到他发球,他就强行侧身拉起球来,逼我形成相持,我乱了阵脚很快丢掉一局,大比分一比一。此时球馆里"陈跃华加油"的喊声一阵接一阵。第三局打到七比四时,我落后三分了,我自己叫了个暂停。我决定这一局不要了,接最后一球时,我故意磕烂手上的球拍。第四局开始前,我向裁判示意更换球拍,裁判同意后,我从包里拿出那块"怪胶"拍来,就是朋友们所说的"怪拍"。"怪拍"怪在三个方面:一是它的胶皮是生胶,这种生胶回过去的球又急又沉;二是胶皮的颗粒更长,旋转再强的球都能轻易化解;三是胶皮不是套胶,没有海绵,直接粘到底板上,而底板又比普通的底板厚一些,无形中增加了许多力量。结果第四局一上来,陈跃华就吃不消了,前两局是他调动我的两个对角,现在是我调动他了,而且角度更刁钻,造成他连连失误。而一旦他强行侧身,我就大胆偷袭他的正手位,他要么扑空,要么回过来的球质量很低,我一板就把他扣死。球越打越顺利,到后面我就不怵与陈跃华相持对攻,第一板我拉得轻一些,不急于一板拉死,只是借助他的力量把球挡过去,第二板我就发力了,直接把球拉到死角。就这样我连扳回两局,大比分三比二领先。

第六局开始前,陈跃华过来看了看我的球拍,并请求裁判员仲裁。三个比赛仲裁官员过来鉴定我的球拍,用尺子反复测量,最后认为我的球拍没有问题,符合国际乒联规定,比赛继续进行。

第六局一开始,我竟然阴差阳错地用反胶打了,我一发球就强行侧身,将前冲弧圈球拉得又刁又旋,有几次陈跃华的球拍连球都没碰到。陈跃华企图控制我的反手位,我就反手弹拨,节奏一拍比一拍快,回过去的球也一拍比一拍沉。陈跃华招架不住了,十比零,他竟然一分未得。我发最后一个球时,故意把球发到桌下,让给陈跃华一分。最后,我不费吹灰之力赢得比赛,大比分四比二。我主动过去与红衣少年握手,我说跃华,你打得很棒呀。陈跃华脸上一点沮丧的表情都没有,他说玖叔叔,您的球路真是出神入化,行云流水。我说叔叔是搞阴谋诡计的,用的是长胶,你是暂时不适应我的球路,你的球技不错,你是输在我的球拍上。我这种打法要是碰上那些退役高手,同样输得干干净净。陈跃华说,不,我到省城训练时,也跟那些省队的叔叔比赛过,有些个我还赢过,再说,第六局您并没有使用长胶,而且打得我更加被动,毫无还手之力。

县文体局领导在球馆附近的一个餐馆请消夜,本次比赛获得前三名的选手和家长被邀请参加。进到包厢坐下不久,陈跃华毕恭毕敬地站在我的面前,给我深深地鞠了一躬,玖叔叔,我现在拜你为师,请接收我这个徒弟吧。我说,我的球技也不过是业余水平,怎么教得了你?我们还是互相学习吧。陈跃华的身后闪出一个年龄跟我仿佛的男子,他说,玖主任,你就收下我这个孩子做你的徒弟吧。

我一看,这位家长不就是县府旧大门地皮的买主,那个剃头匠么?哎哟!我的妈呀,真是踏破铁鞋无觅处,得来全不费工夫。我说,好,好,我收下你这个孩子,收下这个徒弟,而且我现在就开始指导他,先从理论上指导。另外两个选手和家长以及他们的教练都挤过来听了。我说跃华,你现在除了练好扎实的基本功以外,还要在球拍的性能上好好地琢磨一番,比如你现在使用的是两面反胶的球拍,是否可以尝试正面使用反胶,反面使用生胶,正手提高旋转和力量,反手增强速度和变化。我以后晚上有时间就专门陪你训练,好不好?剃头匠说,太好了,太好了。我想,今晚收了这个徒弟,不久那块旧地皮也该物归原主了吧?这样余县长交给我的任务就可以圆满地完成了。

40

我要慎重地告诉各位兄弟朋友,我们这个"等待办"正式解散了,九位同志已陆续安排到各个岗位上去。原先政府党组曾报请常委先安排我到位,去掉那个"代"字,而且我曾以办公室主任的身份分担了原副县长姚德曙的一些工作。不知是常委没来得及研究还是其他什么原因，我仍是政府办代主任。这段时间我的主要精力是到球馆打球，训练我的徒弟陈跃华。陈跃华进步很快，将于下个星期到省里参加选拔赛，很有可能代表本省参加全国 U17 比赛，这将是本省乒坛史上零的突破。当然，与打球有关联的另外一件工作也取得了重大进展，剃头匠已经松口让地。剃头匠没有漫天要价，也没有什么让政府为难的要求，他只提出一个政府应该可以答应的条件，就是他现在的房子拆迁后，县政府就按同等面积在现在的东门划一块地皮给他，也就是说，他的家又将从南门迁到东门。剃头匠说，现在县政府所处的地皮本来就是他家的，他的爷爷过去是河边大名鼎鼎的盐商，全县人都吃他的盐巴。

余县长知道我这段时间每晚都到球馆去打球，因为余县长也是几乎每晚都到球馆去训练，但他不知道我是在工作，在完成他布置的任务。余县长每晚只跟毕银英的前夫较量，实际上是让毕银英的前夫陪练。毕银英的前夫是个体育教师，也是打长胶的，自从拜了省城一位退役高手为师后，我赢他的次数越来越少了。余县长的意图我很清楚，他一旦打赢了毕银英的前夫，那么，他战胜我的几率就提高了。一个县长对乒乓球或者对竞技体育痴迷到这种程度，我是第一次见到。我认为，以余县长的执着和敬业，将来提拔他担任省体育局长不是没有可能。

余县长对我说，本来是钟书记要亲自找你谈的，钟书记很忙，就由我代他跟你谈了。余县长说，这段时间以来你在办公室的综合协调能力是有目共睹的，常委对你的表现也是很满意的，证明你是完全能够胜任政府办主任这个职务的。但是你应该知道，对干部实行多岗交流多岗锻炼是组织工作的重要内容。所以这次我们决定对你的职位进行调整，这个调整绝不是因为你犯了什么错误，或者说你不适应了目前的工作。干部的调整就像河水流动一样，只有流动才有活力，才能像那滔滔的江水奔腾不息。共产党的江山是铁打的营盘，我们这些干部都是流水的兵,得一代接一代地干下去(这句话我在周志超家说过)。调整干部需要革故鼎新,需要创新机制。你看这次调整,扶贫办主任就从卫生局过来,文化局局长就从农业局过来。水产畜牧局长人选,可能很多人都料想不到,他就是原来的计生局长,计生局长能干好人口计划工作,就一定能干好牲畜发展工作。谈话时我就开玩笑对新任水产畜牧局长说,你这次是三个角度转换,一是从晚上到白天的转换,二是从前面到后面的转换,三是从控制到发展的转换。

余县长所提到的这些同志的调整都跟我没有任何关系,我现在迫切想知道的是我到底被调整到哪个岗位。余县长兜了一大圈之后终于给出谜底,他说,玖和平同志,我们经过慎重研究,通盘考虑,反复比对,决定任命你为县文联党组书记,提名为主席候选人,平安乡党委书记宁非同志到政府办来当主任。我当即问道,那蒙主席呢?余县长答道,这家伙调到省作协去了,原来我们是不想放他走的,省委宣传部长潘部长亲自给钟书记打电话,我们就不得不放人了,人往高处走嘛。我对余县长表态,对组织的安排我无条件服从,对组织的信任和人民的重托我表示衷心的感谢。余县长说,不要以为文联无事可做无可作为,据我所知,文联成立的时间比中华人民共和国成立的时间还早几个月,文联成立的时候,现在很多部门国务院都还没想好名称呢,算是老牌子、老字号了。文联是党和政府联系文艺界的桥梁和纽带,是广大文艺工作者温馨之家,你要把这个家看好,不要整天打乒乓球,乒乓球打得再好也没有用的,关键是要搞好本职工作。要学习写小说散文报告文学,不然那些作家艺术家就不服你,不服你你就选不上,就当不了文联主席,你这个主席还要选出来,选不上组织也没有办法。这也是你的角色转换,从武转到文,也是对你的一个考验,你要争取做到能文能武,文武双全,就像你念给我听的那首风水诗一样。

从余县长办公室出来,我突然见到叶副主任站在通道那里,他有些犹疑,估计是想见我又有顾忌。我想起那晚他对我赢球的看法,看来他的看法是正确的,是远见卓识。叶副主任是政府办的"三朝元老"和"不倒翁",他给三任县长写过讲话稿,他十九岁就进政府办,慢慢地由小秘熬成大秘,现在已经熬成了老秘,他走过的桥比我走过的路还多哩。这就是资历,这就是资本,这就是智慧。

我进到我的办公室,关了门坐到办公桌前的椅子上,闭上了眼睛。没想到这一闭,竟然闭了一个下午。我睡醒过来后,动手清理办公室里属于自己个人的一些东西:一只带有滤网的茶杯,一支每天用来签字的派克钢笔,一本《现代汉语词典》,一块有争议的长颗粒胶皮的乒乓球拍。除了这四样东西以外,办公室里再没有一样东西是属于我个人的。我把钢笔插到衬衣口袋,把球拍放进皮包,把那只茶杯丢进了废纸篓,把《现代汉语词典》的扉页撕掉,因为上面写有我的名字,然后把它搁到办公桌上,因为所有从事文字工作的人都离不开这本书,就像所有道公离不开唱本一样。尤其是我的继任宁非同志,更应该需要这本词典,他常常把"未雨绸缪"说成未雨"调料",把"如火如荼"念成如火如"茶"。我从皮包里摸出办公室那一串钥匙,装到一只信封里去。想了一下又把那串钥匙拿出来,从抽屉里找出透明胶,撕了几片小纸片,在每一片小纸片上写着:综合股、秘书股、信息股……再用透明胶把小纸片粘到钥匙上,重新放进信封里去,这样我的继任宁非同志就容易辨别钥匙了。最后,我再用那支派克钢笔在信封上面工工整整地写上:办公室钥匙。

我拎着皮包走出办公室,像一个慷慨大方或者义无反顾的男人,净身出门。我没想到我搬家竟是这样的轻而易举,简单了事。这几个月来,我没有在办公室里陈放一样多余的东西,仿佛就是为了今天的悄无声息,正如那首诗写的那样,我悄悄地走了,正如我悄悄地来。

来到常委楼的工地,我看到带着"绿帽"的潘老板在楼顶上向我招手。常委楼的主体已经出来了,民工们正在进行墙体装饰,给外墙涂漆。常委楼在施工的过程中几经波折,设计方案一改再改,起初是不设计电梯的,后来决定建到十四层,没有电梯就不行了。潘老板抱怨道，建楼建到现在还没有一栋楼建得如此反复和艰难。我安慰他道，你现在不是建楼，你是在炮制一份政府工作报告或者党代会报告，这样的报告是要经过无数次的征求意见无数次的研究讨论无数次的修改润色才能出笼的。潘老板坐升降机从楼顶下来，我告诉他说，往后常委楼施工协调工作由宁非同志负责。

宁非是谁？

宁非就是宁非。

这是怎么回事？

就是这么回事。

潘老板摘下"绿帽"问，你不当政府办主任了？

我盯着他的"绿帽"说，我去当文联主席了。

潘老板说，文联，你去那个穷单位做什么呀？文下了吗？

我说，谈话了。

潘老板顿了一下道，现在给余县长送去一只密码箱还来得及吧？我把潘老板从头到脚观察了一遍，我说，冠军呀冠军，你除了知道钱还知道什么呢？潘老板说我是个文盲加法盲，我什么都不知道，我只知道这个世界如果没有钱，地球就会停止转动。我说你的意思是用一只密码箱的钱，换回我的政府办主任，我跟你说，不值，一点都不值，当初我坐上这个位子就没有送过一分钱，我只给张县长买了一块"蝴蝶"牌球拍，标价一千二百五十元，还打了八点五折。

潘老板乜了我一眼道，你以为你这是清廉，你以为你这是自律，你这是不懂规矩，不懂市场经济规律，你只看见那只有形的手，看不见那只无形的手。

我摆了摆手，不讲了，再讲就开论坛了，找个地方我们喝酒去吧，我已经好几天没喝酒了。

到了"忘不了大酒店"，潘老板说，叫小芳也过来吧，这些天，她天天念叨着你。我态度坚决道，不要叫她了，我妈已去遥远的天国，她的工作任务已经完成了。潘老板说，我看你这人自私、缺德、不负责任。

我说,那就叫吧,把阳教授也叫过来一下,给他补补营养,这段时间他拍电视剧肯定拍得很累。昨天通电话,阳教授说新任市委书记宋东明同志要到片场来看望他,听口气,他跟宋书记的关系绝不亚于跟黎书记的关系,我还需要老班长继续牵线搭桥。潘老板拍了大腿道,真是山重水复疑无路,柳暗花明又一村。我说,你不是文盲吗,还知道柳暗花明呢。潘老板嘿嘿地笑了一下,近朱者赤近墨者黑嘛,天天跟你们官员打成一片,耳濡目染,好也好了,坏也坏了。我说那就叫阿三送阳教授过来吧,从万岗到县城得有一个多小时。潘老板说正好合适,炖好一只果子狸也得用一个多钟头的时间。我拨打阳教授电话,电话无法接通。我正要打阿三的手机,邱局长的电话却打了进来,我一听就吓傻了。

41

我根据阿三的描述,得知当时的情形是这样的:阳教授在一只小木船上给女主角说戏,附近一艘铁壳船驶过,一排激浪打来,小木船剧烈地摇晃一下侧翻了,两人同时落进湖里。女主角会游泳,很快就游过来爬上导演的那一只船。阳教授果然就是他所说的"旱鸭子",连个"狗跑式"都不会,在水里只扑棱几下,就沉了下去。在"愿者上钩"洇庄给剧组弄饭的老潘和阿三急忙划船过来,两人在阳教授落水的地方先后几次潜下湖里,直到精疲力竭,也没找到阳教授。

我和潘老板赶到时,一帮人聚集在"愿者上钩"那里。大胡子导演一见我就哭出声来,既责怪他自己,又埋怨阳教授,说他不该到湖中去拍,在湖边附近同样也可以拍,说上船之前他问过阳教授,问他到底识不识水性。阳教授就是一声不吭,看见他一声不吭,以为自己的疑问是多余的,阳教授肯定会游泳。我心里想,真正要责怪的人是我,我当初就不该提议老班长到库区拍片。

阳教授夫人和师院的领导傍晚来到片场,披头散发的阳夫人在保姆的搀扶下走下船,上到岸来。阳夫人一见到我,双手就抓着我的肩膀,老九,你为什么把他叫到这个地方来?你为什么不看好他?啊?你为什么不管好他?我任由阳夫人撕扯,没有说一句话,我的脸上淌满了涕泪。

湖水太深,水性再好的人也不可能潜到湖底,邱局长当即与电站取得联系,决定明早派两个"水鬼"过来打捞。我动员阳夫人先回县城休息,明早再过来。阳夫人拒绝了,她哽咽着说,我不去,我哪里也不去,我就在这里守他,他知道我来了就会起来跟我回家。我叫阿三过来,让他开一只船到县城去,把玖雪雁接来陪阳夫人,顺便送阳教授单位的领导回县城去吃饭休息。阿三把船开出去后,我打宁非的电话,宁非说我已经知道了,现在酒店陪同领导脱不开身。我说好,那你就负责在那边接待好阳教授单位的领导。宁非说这事应该找民政局去落实才是。我说了一句,我今天只懂得找你,我现在已经协调不了民政局长。我提醒宁非道,阳教授生前待你不薄,请你自己掂量。

玖雪雁来时还带了周小芳,阳夫人见了玖雪雁,两人当即抱作一团,哭在一起。半夜里,不吃不喝且悲伤过度的阳夫人发起高烧,迷糊过去。周小芳似乎已经考虑到了这一切,赶忙给她吊盐水。到了天亮,阳夫人高烧始终没退下来。周小芳听了她的心律后对我说,得马上把阳夫人送回医院做进一步诊治。我说,我劝过她了,她死活不回去。周小芳说,现在就趁她迷糊的时候送她回去,而且最好送回省城医院去,她的心律出现异常。阳夫人被抬上了阿三的船,由玖雪雁和周小芳一路陪着回去。我交代潘老板,到了省城后直接送去医科大附属医院。我握着阿三的手说,兄弟,为难你了。阿三回道,小弟愿为平哥效犬马之劳。

两名"水鬼"在阳教授落水的地方潜了一个上午,没有发现阳教授。他们说这个湖面太宽了,也太深了,这样打捞根本捞不到,除非让电站全部开闸泄水,把整个湖面都泄到底去。我知道这当然是不可能的行为,除非这湖底沉了一位高官,那么唯一的办法只能让阳教授自然从水底胀浮起来。

载着"水鬼"的船开走了，我呆呆地坐在湖边，望着渐渐消失在湖面上的汽艇，我一根接一根地抽着烟。老潘抽着烟挨到一旁，他说，通常死人从水底浮上来，跟月份有关，一月份一天时间就浮上来，二月份两天时间浮上来，依此类推，现在是九月天，阳教授估计是要九天后才浮上来。我叹息道，老潘啊，我哪里能等得九天，我是一天也等不下去了。

我突然想到了刘叔。

刘叔由潘老板陪着来到"愿者上钩"的时候，老潘已经在湖边摆上了一只簸箕，插上香火。簸箕上摆了一只鸡、一条鱼、一个猪脸皮、一碗米饭、一包烟、一副筷子和一瓶酒。酒是我以前送给老潘的"五粮液"，老潘一直没舍得喝。我想起阳教授爱吃辣椒酱，就吩咐老潘装了一小碟出来。

刘叔问清阳教授落水的方位后，即叫我安排几只船划出去，在周围那里候着。然后刘叔问我，棺材呢，备了没有？我哪里想得这么周全，就问老潘，周边农家有没有棺材卖？老潘说，肯定有，不过，这里有个习俗，棺材是不卖给外人的。我拍了一下脑袋，想起了那天我在县府大门睡过的那副棺材。我当即又叫潘老板返回去，让他去找那位"业余律师"，把我自己预定的那副棺材送来。

刘叔坐到簸箕前的一只凳子上，手里捏着两只"耳朵"，滔滔不绝地念叨起来：阳教授你好，我叫刘老宝。今天来库区，湖里把你找。库区风景好，你来拍电视。电视没拍好，你却先走了。你是好教授，你是好作家。你名垂青史，你流芳百世。你父在盼你，你母在等候。你妻在呼唤，你仔在哭泣。湖底本有田，如今已被淹。无田便无米，饭去哪里填？你肚子空落，哪有力上路？给你备了鸡，为你煮了鱼。给你备了酒，酒是五粮液。今日来接你，接你到南山，送你到东海，接你过神界，送你到天堂……你安心上路，你轻松过桥。上路不收费，过桥不检查。你一路顺风，你一路平安。刘叔把两只"耳朵"抛到地上，草地上一只"耳朵"朝上,一只"耳朵"朝下,呈现不同姿态。这种姿态按照刘叔的解释,那是阳教授不愿意上来。刘叔对我说,你给阳教授敬一杯酒吧,你们是同学,又是最好的朋友,你的意见他一定会采纳的。

我跪下来,拧开瓶盖往杯子里倒上酒,放声号啕起来,老班长,老九求求你了,你快快上来吧。你现在待的地方我曾经到过,那里的村庄被淹没了,那里的良田被浸泡了,那里的房子被拆除了。但是,村庄里还有粪坑,还有水井,还有地下河,还有捉野猪防强盗的铁夹子、暗钩子,你不小心就会掉下去,就被夹住脚;村庄里还有牛栏,还有羊圈,还有马厩,你初来乍到陷进里面你会迷路出不来;村庄里阡陌纵横,错综复杂,你在上面转来转去会迷失方向;我的老班长,库区最美的风景,是今天的湖光山色,不是昔日的旧址废墟,你别忘了,我们的景点在水面,而不是在水底。老班长,你快快上来吧,我不是送了你一匹马吗?你骑着那匹马上来吧。我敬完酒,大胡子导演接着给阳教授敬酒。在万岗库区拍摄的日子里,大胡子导演与阳教授合作得很愉快,他们对每一个镜头的取意总是不谋而合。大胡子导演跪在那里,嘴里一遍又一遍地重复:阳教授你放心,我们的电视剧我一定拍完,我一定拍好,你快快上来吧。"业余律师"送来棺材的时候,天已暗淡下来。老潘吩咐家家户户把电灯从家里接出来,把沿湖岸一带都照亮了。阿三把村里的青年组织起来,每四个人为一组,每组两只船在阳教授落水的地方守候。老潘出来叫我进家去睡一下,我拒绝了,我一直蹲在那只簸箕前,不停往杯子里倒酒。天蒙蒙亮,我站起身子,伸了伸一下腰身。突然,我发现眼前湖面匍匐着一个人,一头长发飘散在水面上。

老班长!

我大喊一声,不顾一切地冲进湖里,一把将湿淋淋的阳教授抱起来,一步一步地把他抱到岸边,放到草地上。我俯下身子,一面又一遍地摸着阳教授的脸,我的老班长,我的老班长,你终于上来了。你怎么就这样走了啊!你脾气再大你意见再大你执意要走,也要跟我老九说一声啊！你的电视还没拍完，我在等着看你的电视，老潘他们在等着看你的电视。剧组人员围拢过来，听到我述说得如此的凄惨，也都哭出声来。我和潘老板在岸边搭起一个棚子，为阳教授净身入殓。按村里习俗，在外面意外身亡的人是不能进屋的，何况阳教授还是个外乡人。但老潘却叫我们把阳教授的遗体抬进他家里来，安放在堂屋正中，并挂起了一床新蚊帐。老潘说，阳教授这样一个名人上路前能在我家神龛前休息一个晚上，那是我潘氏家族的荣耀，我家从没睡过干部，没睡过官员，这段时间阳教授来拍电视剧就天天睡在我家。他不嫌我家穷，不嫌我家床板硬，不嫌我家被子臭，不嫌我家蚊帐破。阳教授，你给足我老潘一辈子的面子了。

42

我给阳教授戴上眼镜之后，市委宋书记出现在现场，钟书记和余县长陪同前来。宋书记掀开蚊帐看阳教授的遗体，眼睛顿时就红了。宋书记站起来问钟书记，剧组在这里拍电视剧你知道吗？钟书记小声道，听说过。宋书记又问余县长，小余你知道吗？余县长说，我刚来，不知道。宋书记就生气了，剧组在这里拍电视剧这么大的一件事情你们怎么就不闻不问，你们是怎么重视文化工作的？你们这是严重失职，回去你们要好好给我检讨。宋书记见了我，你是哪个单位的？我说我是文联的。宋书记说，你辛苦了，我代表市委感谢你，代表阳教授家属感谢你。宋书记又说一句，别人做不到的事情你做到了。我在心里说了一句，宋书记，您这句话要是几天前跟钟书记或者余县长讲就好了，一句顶一万句啊！

下午，装着阳教授的棺材被抬上阿三的船，我塞给他一千块钱油费，阿三拒绝了。阿三说，阳教授走了，但剧组还在，电视剧还要继续拍，我是剧组的成员之一，这是我分内的事。这就是阿三吗？是当年那个话没说上两句就挽起袖子要打架的阿三吗？

船到县城码头,潘老板已率一帮人在那里等候,大伙儿把棺材抬上一辆租来的"运尸"车上。根据阳夫人交代,要把阳教授送回他的老家去。我把阳教授在万岗的遗物,一只行李包拎上了"运尸"车。司机说,你坐到前面来吧。我说不,我就陪阳教授坐在后厢。

　　后箱很窄,我侧着身挨着棺材坐下。车子上了高速路后,我就开始跟阳教授讲话,阳教授是讲不出来了,但我认为他一定能够听得到。我先讲当年读大学的情形,我说老班长,你篮球都不会拍一下,却是学校所有比赛的主裁判员,凡重要比赛的哨子,都要由你来吹,不是你老班长吹的哨子准会打架。我说我们学校的合唱团,要是没有老班长你去挥棒,是绝对拿不了冠军的。然后我就讲了阳教授的爱情往事,我说老班长啊!当年你竟然胆敢去追求外语系那个比你高一头的女孩,你居然差一点就把她追到手了,要不是隔壁警官学院那个散打冠军,天天开着警车来找你的梦中情人,你现在的夫人就是外语系的那个系花了。讲完大学时的情形,讲完爱情往事,我掏出手机来,我说老班长啊!大学时代已经很遥远了,我们讲点现代吧,现代的信息都凝练成短信了,我给你念几条刚刚收到的短信吧,第一条短信叫作欧债危机之下的生活秘诀。有什么秘诀呢? 一是不要添加新情人,及时甩掉老情人,维持现有的孩子数量;二是多在家做饭,少在外做爱,多发短信少打电话;三是坐别人的车走自己的路,吃自己的饭让别人埋单;四是尽量转发他人的短信以节省自己的脑力,快乐着别人的快乐。老班长,你听见了吗?这个短信严肃了一点,中秋节就要来到了,我根据欧债危机之下生活秘诀的提示,也给你转发一个短信吧,祝你在那边日圆月圆,团团圆圆;官源财源,左右逢源;人缘福缘,缘缘不断;情愿心愿,愿愿随心。说罢我按着阳教授的号码发出去了,手机屏幕显示发送成功。

　　从阳教授老家回来不久,我大病一场。父亲知道后从省城赶回来,我告诉父亲说,阳教授在库区拍电视剧时,意外落水身亡了。父亲听了沉默良久,他说那天阳教授到医院看望你妈,临走时说了一句我先走了,当时我就觉得这句话听了很别扭,果然真的先走了。父亲又说，人的一生至少有两样东西是无法预测的，一是命运，二是股票。我知道父亲到省城以后，现在已经是个股民了。父亲在河边照顾我半个多月后才回省城去，送别时我对父亲说，本来应该是我照顾你的，应该孩子照顾父母才是，现在却反过来了，变成父亲照顾儿子了。父亲说，孩子在父母的眼里，永远是长不大的孩子，你现在在我心中依然是三岁时浑身黄泥巴的毛孩子。

韦副部长打来电话，要亲自送我到文联上任，说这是规矩。我婉拒道，敬爱的韦部长，这个规矩到我这里就破除了吧。韦副部长说，麻雀虽小，五脏俱全，文联是小了点，但要一视同仁。我说，文联就我一个人，你送我过去，没人迎接我呀，没必要的。韦副部长也就不再坚持了，但强调说，要是钟书记或者余县长问了你，你可要说我送了你哦。我说明白，谢谢你！后来，我一直没有到文联去报到上班。我曾经给蒙主席安排过办公室，但我已经忘记了文联的办公室到底在几层几号房。

43

我接到张县长从市里打来一个电话，让我到他那里去一趟。张县长已经当了民族局党组书记，但我依然叫他县长。叫惯了口，就不容易改口，就像那栋常委楼一样。见了面，张县长一脸惊讶，你怎么瘦成这个样子？我就把刚发生不久的事情给张县长汇报了。张县长说，英年早逝，太可惜了。我说，都讲聪明的人一般都是早逝。张县长说，也不能一概而论，我们不都还活着嘛。

话题转到张县长叫我来市里的目的，张县长说这次我是绝对要帮你，而且要帮到底了。张县长把宋书记和市委最近要在全市范围内公开选拔一批县处级领导干部的事给我讲了，张县长说公选的程序，首先是组织或个人报名推荐，接着是笔试和面试，然后是组织考核，最后由市委全委会票决。全市市直机关和各县市区一起大概有三十多个职位,市民族局有一个副局长的职位。目前,市委组织部已经通过了各个职位的报名推荐条件,已上报常委会通过。我给市民族局副局长定的条件是:全日制研究生学历、民族学或宗教学专业、英语等级六级。这些条件提出来时,开始有一些异议,认为专业定得太死,还有英语六级定得太高。针对这些异议,我一一地提出了理由:一是从事民族工作,不熟悉民族政策和宗教政策怎么行;二是现在的民族工作涉外内容越来越多,涉外范围越来越广,西方敌对势力的渗透越来越隐蔽,形势越来越复杂,市民族局现在没有一个懂外语懂英语的,我们怎么开展工作。我这么一说,这些条件就通过了。我告诉你,定出这些条件之前,我先找人社局一个朋友把全市正科级干部的档案都看了,整整看了三天,我告诉你,符合上述条件的全市只有三个人,但你的优势最明显,那两位同志根本不是你的对手。对你的笔试和面试我一点都不担心,无论是笔试还是面试都难不倒你这样一个重点大学的高才生,我唯一担心的是,考试那天你睡觉睡过头错过了考试时间。

和张县长握手告别时,张县长说了一句,再见,玖副局长。我笑道,老大,你这个称谓来得太早了。张县长说,不早,我们当年才订婚还没有办理登记结婚手续都叫未婚妻未婚夫了,都已经睡到一张床上了。我现在就已经考虑你的办公室该怎么安排,该朝哪个方位。方位是要讲究的,就像大门方位要讲究一样,我现在已经考虑你的洞房和婚床了。一听到大门的方位,我就内疚起来,当时我如果早些认识陈跃华,早些当他的教练,就能帮助张县长收回旧大门的地皮了。

回到单位不久,全市公开选拔县处级领导干部的简章就下来了。县直机关各部门的局长主任和各乡镇的书记乡镇长们都忙了起来,对照各个职位的条件确定自己要报考的职位,然后就找来相关书籍,埋头苦读,准备应考。我的继任宁非同志本来也想报考市民族局副局长职位,一对照条件自己没有一项符合,就改报市委督察室副主任职位。那段时间出现了一种景象,在大礼堂开大会时,坐在台下的人竟然个个手里都捧着书本，我仿佛又看到了当年高考的情形。余县长虽然在会上强调要工作备考两不误，但也尽量给下属们创造一些条件，尽量少开会少布置中心工作，一些紧要的工作，也尽量让那些没有资格报考的副职去落实。

别人看书，昼夜备考，我却每晚都出现在球馆里。陈跃华已经通过省里的选拔赛，即将代表本省参加十一月份全国 U17 的比赛。陈跃华本来是在省城实行封闭训练的，但他更换球拍胶皮以后，省城已经没有选手可以赢他了，所以他时不时就要带着教练回到河边找我过招。我拿反胶球拍已经打不过他了，使长胶球拍偶尔还能赢他几局，但赢得都非常艰难。那个剃头匠已经签字，同意拆除房子交回那块旧大门地皮。但我一直没跟余县长说，那块地皮是我打球打回来的。

余县长是球馆的常客，我几乎每晚都在球馆遇到余县长。余县长也在备战，全省"公仆杯"将在十二月份进行，余县长这次的目标是冠军，这一届他不能再输给省科协那个江副主席了。那个江副主席也是打长胶的，打法异常凶狠，是那种欧派"不讲理"的打法。余县长原先都是跟毕银英前夫那个体育老师练的，这次我要主动陪余县长练一练，这不仅仅是要帮助余县长提高战术水平，实现他的冠军梦想，更关系到我下一步通过笔试面试后的考核鉴定问题。到时要是余县长鉴定我不务正业、天天打球，我就是考了第一名也是没有用的。

这天晚上我给陈跃华陪练后，就邀余县长跟他打一场。结果只打了四局，余县长就输了，其中一局最高得分只拿了六分。我在一旁看得一目了然，我对余县长说，你的基本功很扎实，技术也很娴熟，正手弧圈前冲力强，反手弹拨也很有杀伤力。你主要是输在相持上，而且你一直被他缠住，一直被他控制。余县长听得心服口服，觉得自己总处于被动的状态。我给余县长拿出两块球拍来，我说，你的球拍不行，或者说你用错了球拍，当然，我的判断不一定正确，不过你可以试用一下我给你的这两块球拍，看看有什么感觉。我先拿出一块球拍，我说这块球拍的底板是"斯蒂卡"牌,正面是"蝴蝶"胶皮,反面是国产"729"生胶,"蝴蝶"牌胶皮拉的弧圈球,比你现在用的"狂飙"胶皮旋转更强,而生胶弹拨的速度也更快更沉。我再拿出另一块球拍来,我说这是业余选手对付长胶打法或者说专门对付我这种打法的球拍,底板是"蝴蝶"牌的,正面是比较好把握的国产"双喜"牌反胶胶皮,对付下沉的长胶球路轻松自如;反面也是国产的"双喜"牌胶皮,不过是颗粒比长胶稍短的正胶,在对付反手位的长胶球路时,你在弹拨时稍带一点拉冲就能把对方打死。余县长听得一头雾水,我说,实践是检验真理的唯一标准,我们不如现在就实验一番,你先拿第一块球拍跟我打,我拿你手上的球拍打。我们两人对角对拉了一阵,余县长就说,感觉就是不一样,控制球的感觉很自如。比赛开始前,我对余县长说,余县长,我可是真打了。

头两局我赢,赢在发球上,余县长连续吃了我的逆旋转发球。后两局余县长扳平,他已经适应了我的发球。接下来余县长再赢两局,他的反手位弹拨让我处于被动挨打的境地,而我临时使用余县长的球拍也不习惯。比赛结果,四比二,余县长赢了,是真正的赢了。

第二场,我建议余县长用第二块球拍,我则用我的长胶球拍。头两局余县长赢,第一个因素是我故意"放水",第二个因素我是想让余县长先熟悉正胶球拍的打法,因为余县长从来没打过正胶。没想到余县长很快适应正胶的性能,又赢了一局。后面四局我可以说是使尽了浑身解数,才连扳回来,然而比分很接近,而且都打到了十分以上。第七局也就是决胜局,打到十三比十三时,我是靠了两个幸运的擦边球才锁定胜局。这一切,余县长都是心中有数的。我与余县长握手时说,余县长,拿反胶球拍我是再也打不过你了,用长胶球拍跟你打,如果再打两个晚上,我的控制也将被你的正胶反控制了,谁赢谁输,全看运气,全看临场发挥。余县长说,玖主席,不瞒你说,我觉得我已经有赢你的把握了。我说,余县长,你要是赢了我,你就绝对能赢江副主席了,江副主席来河边检查工作时,我跟他在这里打过三场,都是四比零赢的他。余县长无比兴奋,因为他已经看到了那只"公仆杯"冠军的奖杯。我看得出,余县长是多么的想得到那座志在必得的奖杯啊!走出球馆,余县长余兴未尽地对我说了一句题外话:公选的事,你全力备考,我鼎力支持。

44

我周末去了一趟省城,看望父亲和玖雪雁,顺便把报考市民族局副局长职位的事也做了个通报。省城二中给玖雪雁的待遇确实优厚,所住的小区距离学校不到二十分钟的车程。房子宽敞舒适,透光很好。玖雪雁现在所拿的工资是河中的五倍,还有不能公开的奖金。楼下的车库里,我发现泊了一辆"帕萨特"。玖雪雁说是按揭买的,用来给父亲兜兜风。这一切的一切,都让我感到窗外的阳光很灿烂,生活很美好。我只有一点别扭或担心,就是家里那位保姆,勤快知礼贤惠得接近已经仙逝的母亲,甚至模样还有些相像,而且越看越像。玖雪雁看出我的心思,她说你别那么敏感,人家是有家有夫有子女的下岗职工。玖雪雁说,倒是我感觉我越来越别扭,我总觉得我和你比以前更像是兄妹了。就是这样一句话,让我顿时疲软下来,像战士藏进密密的草丛。既然肢体无法交流,就只能用语言代替。我们总是这样,交流对话一直是我们这些年来夫妻之间进行沟通的重要渠道,也是维系我们和平共处的重要基础。我们是夫妻,但我们更像同志,更像战友。我说,前两次我是靠手段靠关系入围,而这次我将凭着自己的实力获得这个职位。张县长为我创造了条件,但笔试和面试是靠我的真功夫。我认为,凭着我的优势,这个职位非我莫属。玖雪雁说你能再上一级,提拔到市里,我没有理由不高兴,只是这样我们的距离又拉远了五百多公里。我说,这个距离又不是世界上最远的距离。玖雪雁说,我知道,世界上最远的距离是我站在你面前,你却不知道我爱你;世界上最远的距离,是我爱你爱得痛彻心脾却只能埋在心底不能够在一起。我知道,世界上最远的距离不是树与树的距离,而是同根生长的树枝,却无法在风中相依。我还知道,世界上最远的距离,是鱼和飞鸟的距离,一个在天上,一个在海底。我说,得了吧,你这是严重的剽窃行为,而且断章取义,哪天有时间我再给你完整地朗诵这首泰戈尔的诗。我说,我们讲点正经的吧,我这次能上到市里,以后就不能从市里再上到省城吗?玖雪雁说,我也是正经的,我的问题是,你到底有没有来省城团聚的愿望?玖雪雁进一步逼问道,周小芳不会也跟你调到市里去吧?她能从平安跟你到河边来,就不能跟你到市里去吗?我说废话!这是绝对不可能的事情,我也从来没有这样的念头。另外,阿妈临终的嘱托,你也不是没听过。玖雪雁说,可是妈妈不在了。我说,邓小平同志也不在了,可是他的光辉思想仍然照亮我们中国特色社会主义的航程。

45

我被宁非叫到他的办公室去,宁非递给我一把车钥匙说,余县长交代了,把麦县长原来那辆"大众"给你使用,说你去市里考试的时候要用。我更正道,准确的表述应该是给县文联使用。宁非说切,县文联不就是你一个人吗?车子不仅仅是交通工具,而且还是一个领导一个单位地位和实力的象征。我曾问过潘老板,你为什么要买这辆"奔驰",维护费用很大。潘老板反问道,没有这辆"奔驰",王明师行长能给我贷款吗?我到车库把潘老板的"奔驰"开出来,这段时间来,我一直"超标"或者"违规"使用这辆"奔驰"。现在我有了"大众",就应该把"奔驰"还给潘老板了。我打潘老板的手机,打了几遍,潘老板的手机总是关机。我把车开到潘老板的家去,我问潘老板的爱人王丽甜,冠军去哪里了,怎么电话都不接?王丽甜说,我正要问你呢,他几天都没回家了,我还以为他跟你去阳教授家还没回来。我顿时感到一丝不安,但还是安慰了王丽甜一番。我出来拨打邱局长的手机,邱局长说我预感这个电话你要打来了，电话里不便说话，你马上到我办公室来。

我一口气爬到邱局长七楼的办公室，握过手邱局长直接告诉我，潘老板因为非法买卖毒品，已经给缉毒队抓起来了。邱局长说，是一个"粉仔"把他供出来的。我一听，头皮一阵发麻。我惊恐不安地问道，情况很严重吗？邱局长说，这要看他到底买了多少，是买来自己吸用，还是又贩卖给他人，或者既自己吸用，又贩卖给他人，这叫以贩养吸。你知道，一次贩卖毒品五十克以上就可以判处死刑了。我听罢，浑身冷汗淋漓。邱局长盯着我道，你这人怎么这么多汗，是不是刚打完乒乓球？我支支吾吾地逃也似的离开邱局长办公室。

回来的路上，我打周小芳的手机，问你在哪里。周小芳说在值班室。我说你请个假出来，我到医院门口接你。周小芳一面跑过来一面脱着白大褂，刚坐进车来，我就猛地轰了油门疾驶而去。

进到宿舍，我一屁股歪倒在沙发上，嘴里进出一句：出大事了！

周小芳翕动嘴唇，良久才问出话来，出什么大事了？

我说，潘老板为我妈买毒品的事败露了，他现在已经被公安机关拘留，小芳我问你，潘老板那天晚上到底拿来了多少白粉？周小芳回忆了一下道，就是一个小纸包。

我知道那个小纸包，我想知道那个小纸包到底有多少重量。

我哪里知道。

后来他还拿来过吗？

没有，就拿了那么一次。

你一共给我妈注射了多少次？

小芳说，我记得不是很清楚，大概有五六十次吧，最后一次是在老家阿婆临终的时候注射的，那一次我把所有的白粉全部注射掉了。我点了一根烟，深深地吸了一口。我想起母亲疼痛难忍的那个晚上，我是在连续抽了三根烟之后，才做出了那个决定。连续抽那三根烟的过程，也就是我思想飞跃的过程。抽第一根烟时，我在掂量能不能做出这样一个决定；抽第二根烟时，我决定做出这样一个决定了，并且马上付诸行动；抽第三根烟时，我决定以自己的身家性命为这个决定付出任何代价。当然，我也抱着一种侥幸心理，就像我不相信雨点会落进枪眼一样。我没有想到，雨点再一次落进了我的枪眼。我靠到沙发背上，对面墙上是母亲生前的一幅生活照。暮年的母亲，端坐在老家的屋檐下，慈祥地望着我，眼神不露声色地藏着一缕忧郁。那是母亲患病的前一年，她突然提出让我陪她回老家去一趟，我以为是母亲想念外婆了，要回去祭奠一下，哪知母亲回去是要选择自己的墓地。在老家的后山腰上，母亲自己为自己确定了一处墓地。我笑着对母亲说，妈，你的身体这么硬朗，距离你百岁的那一天还遥远得很呢。在老家的祖屋前，母亲让我为她拍了这幅照片。从老家回来不久，母亲就住院了。癌症晚期的母亲，并没有像其他同样病症的病人一样，长时间地承受疼痛的折磨。严格地说，母亲的剧痛只有一个晚上，她也只是哼叫了一个晚上。临终的母亲除了明显的消瘦以外，她的脸上没有一丝痛苦的表情，她是轻松的甚至是飘飘欲仙地上路的。母亲生前盼望摆脱疼痛的愿望，我为她实现了。然而，我那个晚上的决定虽然壮烈，但出现了一个巨大的漏洞或者失误，它牵扯到了另外一个人，连累到了另外一个人。这个人，就是我亲如兄弟的朋友——潘老板。无论是从道义上还是从良心上说，潘老板都不应该为我的那个决定付出代价，一句话，他不能为我坐牢。

周小芳说，你在公安局检察院法院都有熟人，公安局邱局长、检察院韦神检察长、法院劳闯院长都是你的好朋友，你跟他们通融通融一下，潘老板不就可以出来了吗？我说，这可不是一般的打架斗殴的案件，毒品案件谁人也帮不了，当然，我能够做到的我一定努力做到。

我问周小芳，你吃午饭了没有？周小芳说，我连早餐都没有吃。我对她说，那就劳驾你摆一下餐桌，我去炒几个菜，我们喝两杯，你帮我这么多，我从未正式请你吃过一餐饭。周小芳说，中国人什么都离不开吃，岗位叫饭碗，受雇叫混饭，混得好叫吃得开，占女人便宜叫吃豆腐。我接着说，受人欢迎叫吃香，受到伤害叫吃亏，女人嫉妒叫吃醋。周小芳说，我从来就不吃醋，连酸都不爱吃。

桌上很快摆上了菜，我从酒柜拿出一瓶酒来，是日本的清酒，我二哥从东京带回来的。扭开了瓶盖后，菜还没吃上一口，我们两人已连干了三杯。我不断进进出出，先是拿出了硕士毕业照出来，递给周小芳看。我说你辨认一下，照片上哪个是我，哪个是玖雪雁。照片上四十个人个个身着硕士服，头戴硕士帽，个个都是一模一样的装扮，周小芳辨别了很久，才辨别出我来，但没有辨别出哪个是玖雪雁。周小芳哇了一声，当年你长得真帅。我问，现在还帅吗？周小芳端详着我的脸，你气质还在，锐气还在，只是棱角有些钝了，脸上长了一些斑点，就像一把长期插在鞘里的宝刀，久不磨了，有些钝了且有些生锈了。我又站起来，进到卧室里去。出来时，我就回到了照片上，头上一顶硕士帽，身上一件硕士服。周小芳迎上前来，一下子扑到我的胸前。她说，我这辈子没有福气穿上这一身衣服，你就让我靠一靠这一身衣服吧，让我闻一闻它到底是怎样一种气味。周小芳就那样靠在我的胸前，也不知靠了多长时间，我们俩才回到桌前继续喝酒。喝完了那瓶青酒，我再拿出一瓶"马蒂厄里"来，是大哥从美国带回来的XO。我说美国禁酒禁得很厉害，大哥在美国也就很少喝酒。母亲去世六天后，大哥和二哥分别从纽约和东京回来。在母亲的坟前，大哥流着涕泪，喝了一杯又一杯，整整喝掉了一瓶母亲偷偷给他藏着的茅台。大哥说他这一辈子总共的酒量就是一瓶，在母亲的坟前，他把这一生的酒全部喝完了，从此他不会再喝酒了。那瓶XO喝了一半，我先醉了，接着周小芳也醉了。

我们两人躺倒在床上的时候，我的意识是清醒的，但也不是完全的清醒，因为周小芳主动抚摸我的时候，我的态度或者立场并没有以往那样的明朗或者坚定，乃至旗帜鲜明，坐怀不乱，我甚至连犹豫一下都没有，就搂住了周小芳瓷器一般光滑的胴体，并执着地进入了她身体的深处周小芳小声地啊了一声，她的身子襁褓一般暖暖地箍住了我,然后我的身体就紧紧地被包裹起来。

46

我拎着行李包出门的时候,本来想分别给父亲和玖雪雁打个电话,告诉他们我要出差几天。我也想把相同的内容告诉一下周小芳,因为她已经是我的人了,是社会上公认或者风行的那种人了。但我连续抽了三根烟后取消了这个决定,我认为告诉与不告诉,以后他们都会自然知道,就像老家的那头丹麦良种种猪死了,家家户户自然都会知道一样。既然这样,那就让时间和事实告诉所有的人吧。

邱局长狠狠地捶了一下他自己的额头,他说老九啊,你都自己进来了,你都自己这样说了,我还怎么帮你呀,啊?你叫我还怎么帮你呀?我现在就是要帮你也帮不了你啦。我说,我不要你帮的,如果我需要你帮我的话,我就不会主动进来了。邱局长莫名其妙地摇了摇头就出去了,连手都没跟我握一下。

"陆所"亲自把我带进看守所的监舍,并帮我安顿下来,就像当年在派出所为我安排宿舍一样。当年我在万岗镇当书记时,没有住在镇政府宿舍而是住在派出所里,因为当时我持有武器,配有一把"六四"式手枪,住在派出所里方便保管武器。"陆所"对我没少关照,在生活上给予了多方面的照顾。我到"等待办"前,"陆所"就调来了县看守所。我握着"陆所"的手道,再次麻烦你了,实在是不好意思。"陆所"很平常地看了我一眼,没有说一句话,只是默默地做着他该做的一切。这一切对他来说,司空见惯,见到我他也没有什么惊讶,他所接收到他这里来的人,从来就不让他感到好奇或者奇怪。"陆所"就像一个开餐馆的老板,每天都会有登门的顾客。《沙家浜》里的阿庆嫂就说过,来的都是客。所以凡是进到这里来的人,都是"陆所"的顾客。其实,"陆所"的待遇也不比犯人好到哪里去,因为犯人大多是有期徒刑,而"陆所"则是"无期徒刑"。如果他得不到晋升的话,他就要在监狱里干到退休，他的年龄比我还小三岁。

姚德曙端着满满的一钵饭，正在狼吞虎咽时见到了我。

你吃饭了没有？

姚德曙问道。

那天，监舍里的犯人给姚德曙加菜。姚德曙对监舍的舍友态度比较好，加上进来前是个领导，进来后又是项目负责人，所以监舍的犯人们就轮流给他加菜。加菜并不是聚在一起喝酒，而是给他多买了几份肉。

姚德曙说，我带你去打饭吧。

端了饭回来，姚德曙主动把他那只钵里的几块肥肉夹到我的饭盒里。姚德曙告诉我，在这里面没有营养不行，营养不够就会失眠。营养太好也不行，营养太好夜里也睡不着，鸡巴就像高射炮一样指向天空，天窗上连一只母鸟都没飞过。

同监舍的犯人对我进行分析研究，他们首先认定我是个经济犯，因为看守所里关押和改造的干部犯人多数是经济犯。但是这个判断很快就被一个秃头犯人否定了，"秃头"认为我长得虽然结实却不是很胖，经济犯通常都是肥头大耳大腹便便的。没错！另一个长着鸡眼的犯人补充道，而且还要像你一样秃头。"秃头"对"鸡眼"的这个补充，没有肯定也没有否定，但他否定了我是个经济犯，"鸡眼"说，他会不会是个政治犯？你看他眼窝那么深眼圈那么黑，肯定日夜都在想着颠覆我们的制度和我们的国家。很快这个判断又被"秃头"否定了，"秃头"认为政治犯一般是不会关到这里来的，起码要关到省城去。后来经过反复分析研究，他们一致认定我是个重婚犯，"秃头"说，你一看他那个端端正正的长相就知道了。他们于是就沿着这个结论做进一步的分析推理，他们认为重婚犯一般都是性欲比较强烈的人，而且那个物件都是尺寸超粗超长的型号，因为全世界的女人都喜欢大家伙。"秃头"就讲了一个故事，说是一对夫妻去地里砍甘蔗，老公被马蜂蜇伤了家伙。夫妻俩到医院治疗时，老婆反复请求医生，能不能只止痛不消肿。犯人们的分析就这样在轻松愉快的气氛中进行,仿佛一个带有课题的研讨会。

"秃头"为了进一步证实他们的结论或者分析,背着手踱到我跟前,他那只藏在身后的鹰爪似的手,突然朝我的裆部抓来。我嗖地飞起一脚,其他犯人还没反应过来,就听见啊的一声惨叫,"秃头"已被我一脚踹到墙角。"鸡眼"扭了扭他的脑袋,原地跳跃两下,忽地袭来一记凶狠的摆拳,我偏头让过。"鸡眼"跟着一记刺拳击来,我顺势一蹲,噗的一记上勾拳击中他的下颚,几颗假牙牵着口水飞过我的头顶,整个人重重地倒了下去。"秃头"竭力地从地上爬起来,他的额头肿起一个渗着血丝的馒头,真是个人血馒头了。"秃头"战战兢兢地问我,你不会是卧底吧。我说,我是贩毒的。"鸡眼"龇着牙问道,是在缅甸贩的吧?只有你这种身手的人,才敢到缅甸贩毒。我没有言语。缅甸,那是我外公壮烈的地方,我想起了我从未谋面的外公。我在看守所待了五天就出来了,邱局长给我办了个取保候审。

47

我从看守所一出来就出现在球馆里,余县长见到我惊喜万分,你这么快就出来了?我说你都知道。这当然是一句多余的话,姚德曙那天刚从别墅区大门出来,全城大街小巷的人一下子就知道了。余县长说,他们讲你到看守所去体验生活,要写一部叫什么《河边看守所》的报告文学作品,我估摸你肯定要体验一个月。我一听就乐了,看来这作家身份真好,作家们就是真正坐牢了,别人也认为他们是去牢里面创作。我问余县长最近锻炼得怎么样了,余县长说,比赛的时间越来越临近了,我还是有几个技术问题没有解决好,尤其是对付生胶的快速弹拨,一直没有找到有效的应对办法。我当即对余县长说,你往后的训练项目就是强化旋转,在相持的过程中注重回球的落点和质量,要让对手难受和被动。然后我就陪余县长系统地练习,我们整整练了三箩筐的乒乓球才结束训练。

　　从球馆出来,我突然看见潘老板的"奔驰"停在那里。我对余县长说,县长你先回去吧,我去见个朋友。

　　潘老板下了车来,一把将我拉到昏暗的树下。那棵树很香,是一株夜来香。潘老板一开口就一连串地呵斥道:你脑子进水了是不是?你脑膜炎了是不是?你脑神经短路了是不是?你活得不耐烦了是不是?不就是10克海洛因吗?顶多也就判我两三年,而且还会缓刑。你为什么自己暴露?你为什么主动去自首?你很伟大是不是?你很革命是不是?你很了不起是不是?你一个狗屁硕士研究生,你就是一个死脑筋的人。好啊!这回我看你还有什么,一旦判了刑你的公职就没有了,你的党籍就没有了,你还想提拔当县处级干部,还想住进常委楼?你做梦去吧你。我说,我不是为了不连累你嘛。潘老板说,连累就连累嘛,连累又能怎么样?我这样身份的人,坐十次牢狱又有什么关系?我出来了还不照样做生意,我就是在牢里也还可以遥控生意。你坐得起牢吗?你坐一天都不行,你一坐牢你就什么都没有了,你就一切都彻底完蛋了,你知道不知道?还有你那个宝贝周小芳也自投罗网了,你们真是太浪漫了,浪漫到监狱里面去了,你们是不是还要举行一场刑场上的婚礼?我问,周小芳去自首了?潘老板说,你要见她就到看守所去吧,她就在你隔壁的女子监舍。潘老板骂了一句,你这个哈卵,就头也不回地上了他的"奔驰",把我一个人扔在夜来香树下。

　　开庭前我按规定要求回到看守所,"秃头"和"鸡眼"主动要为我到监舍外去打热水。我拒绝了他们的良好愿望,自己提着脸盆出来了,在取水处那里我突然发现一个熟悉的身影。

　　小芳!

　　周小芳转过身来,当啷一声,我手里的脸盆掉到了地板上,盆里的毛巾香皂牙刷牙膏一股脑儿倒了出来。如果说那天晚上在夜来香树下潘老板像导演一样给我说戏的话,那么他那一连串的呵斥现在变成了我的台词:

"你脑子进水了是不是？你患脑膜炎了是不是？你脑神经短路了是不是？亏你还是个医生，不就是10克海洛因吗？顶多也就判我两三年，而且还会缓刑。你为什么自己暴露？你为什么要投案自首？你很伟大是不是？你很了不起是不是？你算什么讲义气的人，你简直就是一个死脑筋的人。好啊！这回我看你还有什么，一旦判了刑你的公职就没有了，你的饭碗就没有了，你当鸡婆去吧，你当二奶去吧，我再也不想见到你。"

四周围过来越来越多的犯人，"陆所"急忙从值班室跑出来，把我拉回监舍。"陆所"对我说，张县长打电话来问我，玖主席到底发生了什么事。我告诉他没什么事，玖主席是来我这里体验生活的。张县长最后还问我，玖主席到底还考不考市民族局副局长职位。我说玖主席决定不考了，他现在只想当作家，要聚精会神搞创作，一心一意谋发表。

48

我和周小芳、潘老板被法警带进法庭，法庭除了检察院一男一女两名公诉人和法院一名法官及一名书记员外，旁听席上没有一个人，就像是一次秘密的审判。法庭上，公诉人这样指控我们：

被告人玖和平的母亲患胰腺癌晚期，在注射杜冷丁、吗啡之后疼痛依然没有缓解的情况下，为了缓解母亲的病痛，在被告人周小芳（医生）的建议下，玖和平叫他的朋友被告人潘冠军跟一个名叫陈祯玮的"粉仔"（另案处理）购买了10克海洛因。后被告人周小芳把这10克海洛因全部用于给玖和平母亲注射，以缓解玖母的疼痛。案发后，被告人玖和平、周小芳主动到河边县公安局自首。公诉机关认为：被告人玖和平、周小芳、潘冠军触犯了《中华人民共和国刑法》第357条第二款的规定，没有合法理由持有毒品，提请人民法院追究三被告人的刑事责任。

公诉人询问我有何异议,我表示没有异议,对公诉机关所列举的一切证据也没有意见,但我当庭提出,本案系我一人所为,与周小芳及潘冠军没有关系,他们两人与本案无关。潘冠军当即否定,他说他才是本案的策划者和实施者。潘老板说,是我给玖和平出的点子,并亲自找来海洛因,由周小芳负责注射,请法庭判玖和平无罪。周小芳说,真正出点子的人是我,具体实施的人也是我。我说,你们都别争了,这是量刑,不是评比劳模。我发现那个女书记员捂住了嘴。

两天后,我和周小芳、潘老板再次被法警带进法庭,旁听席上依然没有一个听众。法庭经过审理后认为,我和周小芳、潘老板等三位被告人触犯了《中华人民共和国刑法》第 357 条第二款的规定,构成非法持有毒品罪,公诉机关的指控事实清楚,证据确凿,罪名成立。但鉴于本案有其特殊性,我们三位被告人非法持有毒品的意图只是为了缓解癌症晚期病人的痛苦,社会危害性较小。在本案中我和周小芳在案发后主动到公安机关投案,如实交代我们的犯罪事实,是自首,依法可以从轻或减轻处罚。法庭庭长韦德厚当庭宣判,根据三位被告人犯罪的事实、性质、情节和对社会的危害程度,判决如下:

被告人玖和平犯非法持有毒品罪,判处有期徒刑二年,缓刑三年,并处罚金人民币 5000 元;

被告人周小芳犯非法持有毒品罪,判处有期徒刑二年,缓刑三年,并处罚金人民币 5000 元;

被告人潘冠军犯非法持有毒品罪,判处有期徒刑一年,缓刑二年,并处罚金人民币 3000 元。

从看守所出来的那天下午,我向"陆所"提出要求,我想见一见姚德曙,对姚德曙的关照表示衷心的感谢。但是,我最终没见到姚德曙。"陆所"说姚德曙因为漏罪要重新审理,他被转移到别的地方去了。"陆所"突然对我说了一句:你有点多余。后来我为"陆所"的这句话费了一段时间的脑筋，至今仍然没弄明白他的具体所指。我不明白"陆所"到底说我要见姚德曙是多余的，还是我的什么行为是多余的，也可能是我今生今世所做的一切都是多余的。难道我今生今世所做的一切都是多余的吗？难道我是一个多余的人吗？

潘老板和周小芳上午就办理手续出去了，而我是下午才离开看守所。这个时间段，我在看守所里又做了一件"多余"的事。我见到"秃头"额上那个馒头一直没有消肿，就到卫生室买了一瓶麝香祛痛搽剂、一瓶依马打正红花油、一瓶消肿止痛酊，把三种药水配成一剂跌打药水，亲自涂到"秃头"的伤口上去。涂完了药水，"舍友"们就有些依依不舍。"鸡眼"说，你是要到新疆沙漠里去服刑吧？我没有点头，也没有摇头。

走出看守所的大门，我见到潘老板的"奔驰"就停在附近。周小芳从车里出来，一路小跑上来接过我手上的行李包。

车子刚启动，就听到一个男子在说话：人生最大的悲剧莫过于失去自由，人生最大的痛苦莫过于失去亲人和朋友。我没有响亮的嗓音也不具有动人的歌喉，但我有一颗诚挚的心。在这美好的夜晚，我要介绍这首我心中的歌，奉献给我的亲人和朋友。我曾站在铁窗前遥望星光闪闪，那闪闪的星光，就像妈妈的眼睛一样让我低下头来，悔恨难当。原来是迟志强在独白，迟志强独白后，就苍凉且伤感地唱了起来：

> 铁门啊铁窗啊铁锁链，
> 手扶着铁窗我望外边，
> 外边的生活是多么美好啊，
> 何日重返我的家园；
> 条条锁链锁住了我，
> 朋友啊听我唱支歌，
> 歌声有悔也有恨啊，

伴随着歌声一起飞；
月儿啊弯弯照我心，
儿在牢中想母亲，
悔恨未听娘的话呀，
而今我成了狱中人；
月儿啊弯弯照娘心，
儿在牢中细思寻，
不要只是悔和恨，
洗心革面重做人；
慈母啊眼中泪水流，
儿为娘亲添忧愁，
如果有那回头日，
甘洒热血报春秋，
妈妈呀儿给娘磕个头……

　　这首《铁窗泪》我无数次听过，现在再听我感觉眼角有些潮湿。大概是快乐的时候我听的是音乐，难过的时候，我开始懂得了歌词。我现在是开始感到了一些难过，开始意识到了某些问题。潘老板在夜来香树下对我的一番数落，现在已经变成了现实，而我在看守所里再对周小芳的数落，也变成了她的现实。我们现在除了犯人头衔，什么都没有了，就像崔健那首歌唱的那样，真正的一无所有了。我觉得，有些事我明知道是错误的也要坚持，因为我不甘心；有些人我明知道是爱的，最后还是要放弃，因为没有结局；有时候我明知没有退路却还在前行，因为习惯了。其实，在这个世间，我们总有一些我们无法完成的事情，一些无法靠近的人，无法占有的感情，一些无法抵达的港湾，无法修复的遗憾。这一切的一切，大概都是命吧，既然这样，那我就认了。

　　潘老板却是什么事情也没发生似的，他目前的心情和往昔的心情没有任何差别。听"陆所"说，案发后他只到看守所露个脸就出来了，就像一名逃会的领导在报到簿上签了名字就走人。潘老板一边开着车，一边跟着歌曲哼唱，而且居然模仿得惟妙惟肖，以假乱真，情感比迟志强还要丰富。我从后排拍了拍他的肩膀道，你的音响的确很好，但我现在需要安静一下。潘老板就把音响关上了。我说兄弟，无论如何你得给小芳一个饭碗，拜托了。潘老板说没有问题，小芳你明天就到公司卫生室来上班，保证你的身份和待遇不变。潘老板朝我扭了一下头又扭回去，如果老兄愿意屈尊到本公司来，就当董事长吧，我保证你一年有一只密码箱的收成，跟你那个副县级没有多大差别。我说，我现在就想走"陆所"给我指引的路子，作家当不了，就当写手，第一篇就写《河边看守所》。

潘老板把"奔驰"开到"忘不了大酒店"，大门一下子拥出几十名员工来，大伙儿弯腰齐声说道：欢迎总经理和董事长凯旋！

喝下半杯酒，我突然一阵恶心，跑到卫生间哇哇地吐了一堆。周小芳站在身后说，你明早一定要去抽血做肠镜。上午检查完后，下午我到医院取化验单，周小芳早已把化验单拿来了。我问，不是艾滋病吧？周小芳盯着我道，就是艾滋病我也不怕。我又问，不会是肝炎吧？周小芳说不是，乙肝表面抗原呈阴性，而且有了抗体，丙谷胺转氨酶也正常。我再问，不是胃癌吧？周小芳说，连胃窦炎都没有。我说，那就是说明我身体没有任何问题嘛。周小芳说现在还不能下结论，你明天到省医科大附属医院再做个全面的检查，目前世界上有许多疑难病症下不了结论。第二天上午，潘老板开着"奔驰"送我到省城，医院邓院长事先已经打了招呼，我一到附院很快就顺利地办理入院手续。本来到了省城后，我决定先去家里住上一个晚上，把最近发生在我身上的事情向父亲和玖雪雁做个汇报。我的内心是坦然和安宁的，为了减缓母亲的病痛，我做出了那个决定并沦落到今天这个地步，我无怨无悔，就像当年我毅然决然放弃出国回到母亲身边工作一样。我想，玖雪雁与父亲一定会理解和原谅我的行为或者罪行。然而，我的心里也充塞着内疚，我没有恪守母亲的遗训，我背叛了玖雪雁，我和周小芳蹚过了那条不应该蹚过的河流。如果我不能求得玖雪雁的谅解，那就分手吧。当然，这得由玖雪雁来拍板，因为表决权在她手里。正好父亲去了东京，玖雪雁去了湖北黄冈中学听课，这就给了我一个缓冲的余地和充分的准备。

我住的病房是间双人房，对面躺着一位脸色又黑又瘦的老人，床前坐着一名身着制服的警察。我想，这个病人一定是个和我一样的犯人了，我虽然判了个缓刑，但身份依然是犯人。同是天涯沦落人啊！这天早晨，老人坐起身来服药，我一下子就看清了他的脸。

黎书记！

我招呼了一声。黎书记也认出我来了，是你呀，小玖。我说，是我。我下床来过去握住黎书记的手，床前的警察挪了一个位置，我就坐到了床沿边上。黎书记问道，你什么病呀？我说，我的病还没确诊出来。黎书记问，是什么症状？我说，一吃饭就呕吐。黎书记说不会是肝脏有问题吧，我说不是。黎书记说不会是胃部有问题吧，我说也不是。黎书记说心肺脑部呢？我说都查了，也没有问题。黎书记说，那你就是典型的"官病"了，这种类似于疑难杂症的"官病"，在中国相当普遍，其典型的症状就是一吃就吐，也没有什么药物可以根治。不过，小玖你年轻，来日方长，今后只要你少吃、少喝，不要乱吃、乱喝，不要不明不白地吃喝，你就能像健康人一样正常的工作和生活。黎书记说，我就不行了。他指了指他的肝脏部位，我是这个位置出了问题，而且已经到了晚期，这是长期喝酒喝塑化剂的结果啊！我是无可救药了。我心里说应该是无药可治，无可救药是指违法犯罪，而不是犯病，当然，黎书记现在的身份用这个词也是恰当的。黎书记说小玖啊！如果当初我认真地听取你的意见，哪怕就听一两句，就不会沦落到今天这个地步了，我现在的生命已经进入倒计时阶段。我安慰黎书记道，现在医术很先进，癌症患者重现生机的案例很多。我当即就把周小芳举过的例子，跟黎书记复述了一遍。黎书记说，科学家曾经研究过，人本来可以活到一百四十二岁左右，但为什么只活到七十岁左右？有四个方面的原因：一是人本来应该生吃，熟吃把维生素浪费掉了；二是人本来应该用腹部呼吸，用肺部呼吸增加了心脏的负担；三是人应该用四只脚行走，只用两只脚就白白地耗尽了体力；四是人的大脑过于发达，一天到晚老是想着升官发财搞暗箱操作，心理负担过重。

到了探视时间，病房进来一个和黎书记一般年岁的老人，他把一只保温盒搁到黎书记的床头柜上。黎书记介绍说，这是我大哥。我转身一看，竟是"丽水山庄"的黎总。黎总问我，你怎么也病了？我没好气道，人一来到这个世界，没有哪个不会生病，除非他惨遭横祸，半途夭折。黎书记急忙解围道，小玖是常见的官病，严格来讲，那不算病，要是算病，全中国的领导干部都是病人。半夜里玖雪雁突然出现在病床前，一头埋到我的脸上，嘤嘤地哭，涕泪淌满了我一脸。我说，哭什么呀？不就是官病嘛。玖雪雁抽抽噎噎道，冠心病也是很危险的。我说哪个告诉你我住院了。玖雪雁说，周小芳。我张口要说话，玖雪雁却一把捂住我的嘴，我跟科室主任覃教授讲了，他同意你今晚回家休息，明天再做复诊。我说你的能耐真大，能调动附院的科室主任。玖雪雁说，覃教授的女儿就在我那个特尖班。回到家里，玖雪雁为我脱衣服解鞋带脱袜子。躺倒床上，我不停地吞咽口水，我觉得我必须把最近发生的事情，彻底地跟玖雪雁说了，就像我主动去投案自首一样。

雪雁！

我才张口，嘴唇又被玖雪雁捂住了。她说你不要说了，我什么都知道了，等你复诊完后，我们就回河边去，把大院的房子处理掉，把所有的家具处理掉，我们只带阿妈的遗像回来。你以后什么都不做，就好好养病，健康比一切都金贵。玖雪雁说，和平，说句不好听的话，我感谢你的罪，感谢你的病，从此以后我可以天天守着你，天天见到你。

49

我从省城回来，玖雪雁就把周小芳请到大院宿舍。周小芳的四叔周志超已经去世了，她阿婶生了一个男孩，这个男孩一生下来就患了一种叫作"地中海贫血"的疾病。为了救治这个孩子，周小芳的阿婶就在县城打工。周小芳本来是可以继续回医院上班的，邓院长说，她不用去服刑，那就回来继续当她的医生，我们医院被判刑的人多的是。但周小芳还是到潘老板的房产公司去了，在那里当医护人员，一天到晚给民工包扎吊盐水。玖雪雁说，小芳，我真诚地感谢你为我妈妈所做的一切，你因此付出难以挽回的代价我玖雪雁深感愧疚，无以弥补。从今天起，你和你阿婶就搬到这个家来住，这里就是你们的家了，我已经把房产证过户到你的名下。你们的生活今后我依然继续关注，包括你侄子的病，我目前正在联系最好的医院和医生。玖雪雁说，小芳，我还要跟你讲一句话，和平是个病人，他患有严重的冠心病，随时都有生命危险，请你理解他，原谅他，我今天给你下跪了。玖雪雁扑通一声跪了下去。周小芳一把搂住玖雪雁的肩头，玖老师，请您起来，起来！玖雪雁慢慢地站起来，周小芳却扑通一声跪下去，玖老师，小芳是个有罪有过之人，辜负了您多年的培养，学生给您下跪了。看着两个先后下跪的女人，我也想扑通一声给她们跪下，因为应该下跪的人是我。

房门砰砰地被敲响，破坏了我下跪的念头。叶副主任气喘吁吁地站在门外，玖主席，余县长叫你马上过去一趟。我说打球吗？叶副主任说，不是打球，是救球，毕银英要从常委楼上跳下来。

你不要去！

玖雪雁阻止道，河边的事情已经跟你无关了。

我几乎没有什么思考就说，我还是去一趟吧，救人一命胜造七级浮屠，再说毕银英从上面跳下来了，还有哪个常委哪个四家班子领导敢去住那栋楼啊！我用一只手隔着嘴巴，与玖雪雁耳语一番后就换鞋出门。玖雪雁和周小芳在后面同时叮嘱道，你小心一点。

来到楼下，叶副主任开车直接把我送到常委楼下。楼下面集中了一帮公安干警和消防队员，远远近近挤着围观的群众，像鹅一样伸长脖子朝楼顶上望去。不少人拿着手机对着楼顶，等着拍下那随时飘落下来的身影。

邱局长正在用话筒朝楼顶上的毕银英喊话，毕银英坐在楼顶护墙上，两条腿悬在墙边，只要屁股一挪，整个人顷刻就会掉下来。邱局长喊道，毕银英同志，你有什么意见和诉求，完全可以向政府反映，你有什么问题可以提出来，我们可以好好商量解决，请你不要采取这种极端的行为。

宁非接过邱局长的话筒接着喊道，毕银英同志，你知道你现在爬上去的是什么楼吗？它是县府大院的常委楼，你知道你一旦从上面跳下来，将会产生怎样的严重后果吗？请你务必好好地想一想，好好地想一想。

我对邱局长说，我上去劝劝她吧。我说在我上楼的过程中，在我出现在楼顶之前，你一定要控制好围观的群众，绝不能说出一句刺激她的言语，还有宁非你不要喊话了，你那是怂恿她跳下来。邱局长表态道，我马上交代干警们去执行。潘老板挤过来小声问道，坐升降机上去吗？我说不能坐升降机，我走通道上去。大约二十多分钟后我上到了楼顶，我在距离毕银英大约五米远的地方站住了。

小毕！

我轻轻地叫了一声，毕银英闻声从护墙上扭过身来。我用责怪的口气说，你怎么能这样做呢？毕银英说，你一直都在骗我，卫总一直都在骗我，你们一直都在骗我，你们根本就不把我当一回事。我的口气比前一句更强硬，我说，我怎么欺骗了你呢？我病了你知道吗？我住院了你知道吗？我就要死了你知道吗？你想跳楼，我比你更想跳楼，我一跳下去就不用住院了，就不用服药了，就什么痛苦都没有了。你要跳楼，好啊！我们一起跳吧，反正我也是要死了，跳下去也是死，不跳也是死。不过，你美丽漂亮，魅力四射，前途无量，身体又没有病，我建议你跳下去之前，再好好地想一下。

毕银英哇地哭出声来，我什么都不想了，我现在只想跳楼。

我说，既然你勇往直前，舍生取义，那你再耐心听我讲完几句话。其实，任命你的决定早就通过了，只是我这段时间住院治病一直没能亲口通知你，本来我想让卫总直接跟你说，又怕你不相信。我昨天才从省城医科大附属医院回来，决定明天到河边大酒店召开职工会议，当众宣布你的任命文件，哪想到你今天就要跳楼了。我摸着上衣口袋，我想抽一根烟，思考一下接着该怎么进一步劝说。烟没摸到却摸出一张折叠的纸条来。我将纸条展开，我说，小毕，这是河边县人民政府办公室文件，你听好啦，现在我给你宣读你的任命文件。我对着纸条念道：河边县人民政府办公室文件，河政办发二零一二十八号，关于毕银英同志任职的通知，各乡镇人民政府、县直各部委办局，经研究，毕银英同志任河边县人民政府招待所第一副所长兼河边大酒店副总经理，括弧，副科级，反括弧。试用期一年。河边县人民政府办公室，二零一二年十二月十二日。我念完后，就把那张纸条重新折叠起来放进口袋去。

我说，小毕，你都听明白了吧，文件明天还要拿到河边大酒店去宣布。毕银英小心翼翼地从护墙上跳下来，我嗖地上去一把捉住她的手，像一位老练的铁匠抄着铁钳，牢牢地夹住了一块烧得通红的铁片。

我对毕银英说，我们下去吧。这时候，升降机升到了大楼护墙边，机厢停到楼顶天台的上方。毕银英望着升降机战战兢兢地说，玖主任，我有恐高症，我不敢坐升降机下去。我说，我也有恐高症，我们都不坐升降机，我们沿着楼梯走下去吧。毕银英问道，不是说这栋楼只有电梯吗？

废话！我告诉毕银英，世界上任何一栋楼都有安全撤退的通道。我问毕银英你刚才是怎么上来的？毕银英说，我是爬着防护栏上来的。我说，你真笨，明明有楼梯你不走，爬着防护栏多危险啊。我牵着毕银英的手，沿着楼梯一步一步地走下楼来。走在楼梯间，我想，明天无论如何得叫余县长拿出一份任命文件来，因为我手里拿的根本不是毕银英的什么任命文件，而是我和周小芳还有潘老板我们三个人的法院判决书。